金牌小说

Awarded Novels

长青藤国际大奖小说书系

想赢的男孩

LOSER

〔美〕杰里·斯皮内利 著　　麦倩宜 译

G 晨光出版社

无可抵挡的快乐与执着

　　某种程度上，这是一本向大家提问的书。看完这本书，书中这个爱笑、爱上学、想赢却总是赢不了的辛可夫，将会成为横亘在你心里的一个大大的问号。

　　你身边很有可能也有这样一个同学。他学习成绩不好，体育也不好，音乐也不好，什么都不好。他很可能不像辛可夫这样，即使样样都不好，上课还是很积极地举手提问、回答问题。他可能一直默默地坐在一个角落里，不被大家注意，你也从来没有注意过他。如果不是偶然读到这本《想赢的男孩》，你也不会想到去了解他的内心，不会问自己一些至关重要的问题。

　　我们从很小的时候就知道，我们要赢，做什么都想不仅要做成功，而且要做到最成功。很多时候，我们并不想去面对输，而且也不知道该怎么面对。

　　故事里的辛可夫是一个很普通的甚至有些缺陷的男孩。在很长一段时间里，他并没有意识到输赢这个问题。他是那么快乐，什么都能让他激动起来，上学尤其是最最美妙的一件事。他从第一天上学起，就深深地爱上了学校，虽然并不是每一个老师都能把他当成普通的学生来看待，虽然他在学校里的表现永远算不上好，但他每天还是那么努力，那么执着，执着得让人心疼。如果有一天他意识到自己其实不太优秀，甚至还很差劲的时候，他要怎么才能接受呢？辛可夫的成长故事从一年级开始，一直到初中，作者将他的人生画面徐徐展开，也让他的内心一点点暴露在残酷的现实面前。

作者杰里·斯皮内利是美国一位极具天赋的儿童小说家，至今已写作了二十余本儿童小说，在美国获得包括纽伯瑞儿童文学奖金奖在内的二十多项国家级儿童图书大奖，作品都深受小读者欢迎。他有六个孩子、二十一个孙子孙女，他们为他的写作提供了丰富的灵感和素材。他深深明白正确地面对输赢对一个孩子来说意味着什么。

一开始，我以为这是一个《阿甘正传》一样的故事，故事的最后会有奇迹发生，作者会向我们证明无论多么平凡的孩子，也会有创造奇迹的一天。但这个故事不是这样结尾的，或者说，某种意义上，最后辛可夫也创造了奇迹，只是并非平常我们所说的那种显而易见的奇迹，比如获得了某种成功。然而，这其实是更现实的、更为重要的一种心灵的奇迹。你会相信，那样善良和执着的心灵，更加输得起，并且不会永远输下去。

辛可夫会赢吗？总有一天，他会的。总有一天，你也会。我们的人生路，从小学的起跑线算起，也还有很长很长。

当你本身与黑夜已别无二致,
只剩口中的一块石头——
而四周又是一片黑暗,
再无东西可看时——
你很容易就会认为,
睁着眼与闭着眼没什么差别。

目录
CONTENTS

一

你长大了

你可能跟一个小孩一起长大，却从未真正注意过他。他就在那里——在街道上，在游乐场里，在你家附近。他就像周围景色的一部分，犹如停在街边的车辆，甚至垃圾日推出来的绿色塑料垃圾桶。

你走过学校——一年级，二年级——他就在那里与你同行。你们既非朋友，也不是敌人，只是偶尔会擦身而过。也许某一天在公园的游乐场里，你抬眼一望，他就在跷跷板的另一端。或者在冬季里，你坐雪橇滑下半桶丘，正步履蹒跚地要爬回丘顶时，却看到他燕式跳水般张开双臂，一路鬼叫着呼啸而下。或许有那么一瞬间你闪过一个念头，觉得他似乎比你还快乐而有些不快，但那念头也只是一闪即逝罢了。

你甚至连他的名字都不知道。

但是某一天你却知道了。你听到某人提起一个名字，不知为何你知道那就是他的名字，那孩子叫做：

辛可夫。

二
光明辽阔的世界

他住在距离百万人口大城市十里之外的一个砖造小镇上，是个新生代男孩。头几年，辛可夫和他的同龄人还是家里的小宝宝，被墙壁和后院的围栏圈着，大多数情况是被妈妈的声音拴着。

然后这一天终于来到了，他们独自站在自家门前的台阶上，像新生的幼犬般眨着眼在阳光下取暖。

一开始辛可夫用手遮着眼睛，然后把手放下来，斜眯着眼注视太阳，仿佛想瞪赢太阳，接着便转过身兴奋得大笑。他往后伸手扶着门，他绝不会再做这种傻事了，他耳朵里回响起妈妈的千叮万嘱："不要穿过街道。"

现在并没有其他的束缚，眼前没见到围栏的阻挡，没有大人的手可牵。在他的面前只有一片光明辽阔的世界。

他的双脚一踏上人行道便开始狂奔，什么都不在意，只听到耳边的风声。他奔跑着，不敢相信自己可以跑得这么快，也不敢相信自己是如此自由。他被这自由与速度弄昏了头，跑到街角时又往右转，继续往前跑。

他的双腿——双腿跑得飞快！他想如果再快一点儿，自己可能就要飞起来了。一辆白色的汽车由后方开过来，他跟它赛起跑来。他很惊讶汽车超过了他，虽然惊讶，但并没有不高兴，因为他自由得都感觉不到不高兴了。他还向白色的汽车挥手，停下来想找个人一起欢笑庆祝。但他没看见任何人，便自顾自地大笑庆祝起来，把人行道当水坑般又蹦又跳。

他寻找着自家的房子，但它已经不在视线内了。他对着永不眨眼的太阳大声尖叫："哟嗬！"再跑一段路后又往右转，然后又停了下来。他突然想到，如果自己不断向右转，就能够一直跑下去。

"哟嗬！"

三
想赢

这些在人行道上自由奔跑的幼犬们迟早要在穿越街道时不期而遇。就像鼻水必然会往下滴一般，他们迟早不会只满足于在街上奔跑，他们必定要追逐着什么东西奔跑，彼此奔跑追逐才是他们的天性。

"我们来赛跑吧！"其中一个大喊道，于是他们开始你追我赶地赛跑，从垃圾桶这边跑到街角那边，再从停车标志跑向邮车。

妈妈们会大声警告他们，不准在街道上奔跑，他们便转战到巷子里，把那里变成他们专用的街道。

不管七月或一月，下雨或下雪，他们总是跑个不停。虽然他们肩并肩地跑，但其实却是各跑各的，并将彼此区分开来。我跑得快你跑得慢，所以我赢了你输了。他们早就忘掉并再也记不得，他们是来自同一窝的幼犬。

他们发现一件事情：他们爱赢不爱输。他们爱赢，爱到会找出各种能赢的新方法：

谁能用石头砸中电线杆？

谁能吃下最多的纸杯蛋糕？

谁能最晚还不睡觉？

谁的体重最重？

谁打嗝打得最响？

谁长得最高？

谁是第一……第一……第一？

谁？

谁？

谁？

打嗝、长个儿、投掷、跑步——每件事情都是一项竞赛，到处都有赢家。

我赢了！

我赢了！

我赢了！

在人行道上、在后院里、在巷子里、在游乐场里……到处都有赢家。

除了辛可夫以外。

辛可夫从来没赢过。

但是辛可夫没注意到这点，其他幼犬也没有注意到。

还没有。

四
辛可夫的第一天

辛可夫第一天上学就惹出了麻烦。

事实上，还在去学校的半路上，他就给他妈妈惹了麻烦。

和附近所有的妈妈一样，在孩子上一年级的第一天，辛可夫的妈妈也打算陪孩子一起走到学校。开学第一天是个重要的日子，妈妈们知道这对六岁大的孩子来说，可能还挺令他们害怕的。

辛可夫站在窗前，看着所有走路上学的孩子们，这情景让他想起了游行。

他妈妈正在楼上穿衣打扮，还不忘对楼下大喊一句："唐诺，你给我等着！"她的语气非常坚决，因为她很清楚她的儿子最讨厌等待。

但是当她下楼时，他还是不见了。

她猛地拉开大门，外面人来人往，川流不息。妈妈们牵着小小孩，四五年级的大小孩占据着人行道又跑又叫。

辛可夫太太沿着街道寻找，远远地看见了一只长颈鹿的头，它长长的脖子从人群中冒出来，与其他人一起迅速前进着。那是他，肯定是他。他最爱爸爸在动物园买给他的长颈鹿帽子。她曾经告诉他不下五十次，不要戴着那顶帽子到学校去。

学校离家才三个路口，在她来得及赶上他之前，他一定已经走进学校了。于是她只好叹口气，无可奈何地转身回家去了。

一年级的老师站在门口迎接新生的到来。"早安……早安……欢迎到学校来。"当她看到一只长颈鹿的脸从面前走过时，差一点儿就把欢迎词吞了回去。她眼睁睁地看着这个头顶着长颈鹿的男孩，直直地走到前排的一张桌子后坐下来。

当上课铃声响起，老师——米克思小姐——便关上门，站在那戴着怪帽子的学生桌前。其他的学生早已经笑开了。

米克思小姐担心这男孩会是个麻烦。她今年就要退休了，最不想要的就是会惹是生非的一年级新生。

"你的帽子真特别。"她说，这帽子还真是栩栩如生。

"它是一只长颈鹿。"男孩突然站起来，露出笑容说。

"我知道，但你恐怕得把它摘下来，我们在教室里是不戴帽子的。"

"好。"他高兴地回答，把帽子摘了下来。

"你可以坐下了。"

"好的。"

他看起来挺听话的，应该不会是个麻烦精。

现在她得告诉他不能把帽子放在身旁，希望他不会因此而突然哭闹起来。一年级新生是难以预料的，你永远不知道什么事情会引爆他们。

她这么跟他说了，并留意着他的下唇是否开始颤抖。然而他的下唇并没有颤抖，相反，他兴冲冲地站了起来，提高嗓门回答："是，夫人。"接着把帽子交给她。

是，夫人？这是怎么一回事？她微笑着低声说："谢谢你，现在快坐下。"

他也轻声回答："是，夫人。"

二十六颗脑袋跟着她转动，看着她把那顶三英尺高的帽子拿到教室后面的储物格。她头一天便把每一格都贴上了名字。这时她才突然想起，自己还不知道该把这帽子摆在哪一格呢。她转过身问："小伙子，你叫什么名字？"

他立刻跳起来，扯着嗓门大声答道："辛可夫！"

她不得不别过脸去，免得自己大笑出来。在她三十年的教学生涯里，她还没见过有学生这样煞有介事地报告自己的姓氏。

她转过身来对他微微鞠了个躬，这似乎是必要的响应："谢谢你，但你不用那么大声。辛可夫先生，你有名字吧？"

全班同学都已经在咯咯偷笑了。

"唐诺。"他回答。

"谢谢你，唐诺。还有，你可以坐下了，不用每次说话时都站起来。"

"是，夫人。"

教室的储物格是按照英文字母顺序排列的，很快座位也会这样排列。她直接走到最后一格，把长颈鹿给塞了进去。但储物格不够深，容纳不下整只长颈鹿，结果那情景就像一只小长颈鹿在格子里打盹。她不禁想，唐诺·辛可夫这孩子，在许多方面将会比这个储物格更引人注意。

五
火车要开了

米克思小姐站在教室的最前面，第三十一次也是最后一次，发表她著名的开学演讲：

"早安，年轻的公民们……"

想到多年以后可能还会有一两个学生记得有位米克思小姐，曾在一年级时称呼他们为"年轻的公民们"，她就有些激动。她觉得，美国的孩子长久以来都过于娇宠，都挺老大了还被当成婴儿。

"欢迎你们第一天来到约翰·赛特菲小学。今天对你们来说是个大日子。它不仅是这个学年的第一天，也是你们未来十二年学习生涯的第一天。希望从今天算起的十二年后，你们每一位都会顺利地从高中毕业。但现在听起来那好像是遥遥无期的，是不是？"

一如以往的，下面是一片点头如捣蒜。

"但是这一天在十二年后肯定会来到的，那时候你们将学会如何写主题句，如何解方程式，甚至于拼出下面这个词……"她戏剧化地在此突然打住，睁大双眼就像是看到了美好的未来，"Tintinnabulation！"（叮叮当当！）

清晰可闻的惊叹声由下面一片瞪目结舌的脸庞中传来，有几个人还难以置信地摇着头。米克思小姐偷偷瞄了唐诺·辛可夫一眼，发现只有他一个人在咧着嘴笑。事实上，他像是被人搔了痒般咯咯笑着。

"等到你们高中毕业的时候，很多人都已经学会了开车，也有了工作，准备好在世界上占有一席之地了。如果你愿意，也已经可以独自到全国各地旅行，甚至可以出国旅游了。你们也会开始准备建立自己的家庭。

"这将是多么美好的冒险旅程！就由今天此时此地开始，这趟旅程将会耗费许多时日。"她说到这里暂停一下，继而伸出双臂说，"你们可能会问，到底要多少个日子呢？"

　　这时，几只手迅速举了起来。米克思小姐知道如果让他们回答，会引发一阵瞎猜而模糊掉她想要表达的重点，所以她故意视而不见地走到黑板前面，拿起新学年崭新的一支粉笔，在黑板上写下大大的一个数：

$$180$$

"这是按照规定，我们每年要上学的天数。"

她又转过身在180后面写下：

$$\times 12$$

"这是你要上学的年数。现在让我们来乘乘看。"

她在黑板上计算，缓慢而慎重地把数字写下来：

$$180 \times 12 = 2160$$

　　她指着最后面那个数字说："就是这么多天。"边说边用粉笔敲了黑板两下，"两千一百六十天，就是你们这段旅程的天数，你们的冒险将会持续这么久。这些日子里的每一天，都是你们能够学到新事物的一个机会。想象一下，你们可以在两千一百六十天里学到多少东西！"

　　她说到这里停下来，给他们时间想象。

　　"两千一百六十次冒险，两千一百六十个机会，让你成为你想要的样子，这就是让你等了六年的东西，今天就是这旅程开始的日子。"

她真希望现在有一台摄影机。

她看了看门上方的钟，故作惊讶地说："喔，我的天啊！你们看看时间过得真快！大家不知不觉中，就只剩下两千一百五十九天了。我们的第一天正从身边溜走，而我们还什么都没有学到！你们说，我们是不是该开动这辆学习列车了？"

她把手伸进讲桌的抽屉里，拿出一顶老旧的海军蓝列车长帽。这是她第三十一次也是最后一次戴上这顶帽子了。她摇了两下手。"嘟！嘟！全体登上学习列车！第一站是写出自己的名字！有谁要上车？"

二十六只手马上全部高高举起。辛可夫猛地站起来，把桌子都撞翻了，发出吓人的巨响，接着他高举起双手对着天花板大吼：

"哟嗬！"

六
问得好

唐诺·辛可夫

　　在上一年级以前他学过字母，至少是一部分字母，当然也经常看到自己的名字。但是还从来没有用透明纸照着描过，也从来不曾照着样抄写过自己的名字。他还不曾用铅笔尖去体会过自己名字中字母的形状与笔顺。

唐

此刻，他在蓝网格线纸上移动铅笔尖时，内心感到一阵悸动。他盯着自己的名字，就像是在盯着自己看一样，就好像六年前出生的唐诺·辛可夫在此时此地经由他自己的手，以更细腻的方式再诞生了一次。

他冲到老师面前，把写了自己名字的纸塞给她看："你看！这是我！"

米克思小姐接过那张纸。上面一行是她写的他的名字，好让他照着抄写，就跟她为其他学生做的示范一样。下面的一行是他自己试着拼写的字迹，如果她不是事先就知道这是什么字，根本看不懂。纸上混乱的铅笔笔迹跟两岁小孩的涂鸦一样，没有意义。

但他脸上洋溢的喜悦使得她也微笑起来。她伸出手放在他的肩膀上，说："准确地说，这并不是你，而是你的名字。你的名字非常重要，因为它代表了你。"

"'代表'是什么意思？"他问。

"意思是代替你，有点儿像是你的替身。即使你本人并不在一个特定的地方，你的名字也可以在那里代替你。所以，把名字写对是很重要的。"她把那张纸递还给他，"想要把名字写对，你就必须多练习。纸的两面都要用到。"

可她心想，让他再写个一百面大概也不会有什么差别。下课前她把所有的练习纸都收了回来，发现自己仍然看不懂唐诺·辛可夫写的名字。这件事本身并没有什么大不了，他当然不是她碰到的第一个写字潦草难看的学生，过去也曾经有成绩优良的学生写的字活像鬼画符。但从另一方面来说，有时候难看的字迹表示这个人的肌肉控制有问题。为了这孩子好，希望他只是懒散而已。

下课！

早上十点整，辛可夫和其他的一、二、三年级的学生一起涌进操场。头一分钟他感到挺失望的，因为他原本期待下课是不同于以往的新鲜事物，结果却只是自由活动的时间。下课只是他生活中早已熟知的事物的另一种称呼，只不过是比较短暂而已。他人生的第一次下课持续了六年之久，这一次的只有十五分钟，他一定要好好利用。

他冲回教室去，没人看见他，更没人阻止他，因为从来没有人会在下课的时间冲回教室。他从储物格里将长颈鹿帽子拉出来，然后再跑回操场上。

"嘿，他在那儿，那个戴着怪帽子的小孩！"有人这么叫着。

不一会儿，就有一群小孩围着辛可夫，伸长手摸他的帽子，还叫嚷着："可以给我戴戴吗？"

接着帽子就不见了，从他的头上被抢走了。一个男孩拿着它，边跑边往自己头上戴。其他人也伸出手来又抓又抢，帽子便从这个人的头上跑到那个人的头上去，孩子们又叫又笑。一个二年级的孩子把帽子抢了去，绕着操场周围飞奔。那顶棕黄色的帽子在他的头上跳动着，活像只真正的长颈鹿。辛可夫放声大笑，眼前的景象令他大乐，他都忘了那是自己的帽子。

接着，一个高大的四年级红发男生，张开双臂挡在飞奔的男孩面前。那个二年级男生只得脱下帽子双手奉上。红发的四年级男生仔细地端详手上的帽子，他没有戴到头上，而是将它整只套上手臂，直拉到肩膀，又用藏在长颈鹿头部的手指，让长颈鹿做出点头和说话的样子。他走到跟他一般高的朋友身旁，用长颈鹿的嘴巴夹住他朋友的鼻子。这个举动把每个人都逗笑了，辛可夫笑了，就连课间值班的老师都笑了。

大男孩转向跟他保持距离的一年级孩子问道："这是谁的帽子？"

辛可夫跑向前。他绊到一只脚，跌了个狗啃泥，引起哄堂大笑。他自己也笑了。他跑到高大的红发男孩面前，站得比一般一年级生面对四年级生时所保持的距离要近得多。他向上直视这高大男孩的脸庞，骄傲地宣布道："这是我的帽子。"

这男孩微笑着，缓缓摇头："这是我的帽子。"

辛可夫只是呆呆地往上看，被这男孩的脸给迷惑了。他从没见过一张脸可以边微笑又边摇头说"不"。

他知道这其中显然有误会。也许在辛可夫去动物园的同一天，这高大的男孩也在那儿。也许男孩先买了长颈鹿帽子，然后又不小心遗忘在那里。但是无论如何，这大男孩说的"这是我的帽子"是没错的。

辛可夫感到很难过，他已经真的爱上这顶他以为是属于自己的帽子。但是他马上又没那么难过了，因为他看得出来，这高大的男孩找回自己的帽子后有多么高兴。

大男孩仍然俯着脸对着他微笑，辛可夫已经知道笑容不喜欢孤独，所以他抬头报以最开朗的笑容，愉快地回答："好啊。"

大男孩脸上的笑容开始扭曲变形，辛可夫还不知道自己刚刚愚弄了他。这大男孩原来预期辛可夫会大吵大闹，试图要回自己的帽子，也许还会发孩子脾气哭闹起来。他喜欢看一年级生发小孩脾气哭闹，那对他来说是一种乐趣。但现在他被摆了一道，被眼前这只笑眯眯且看似颇顺从的小虫给耍了。

大男孩把帽子摘了下来，还用长颈鹿的一只角去戳辛可夫的额头。"这不是我的，你这个笨蛋！"他摇着头一边窃笑着转过身，一边对他朋友说："一年级生都这么笨。"他的朋友全都笑了起来。他把帽子扔在地上，离开时还故意踩上了一脚。

辛可夫捡起帽子，它毛茸茸的表面沾满了沙粒。大男孩突然转身往后看，辛可夫连忙又把帽子丢回地上，怕大男孩想要再踩上一脚。但大男孩只是大笑着走开了。

辛可夫妈妈放学时去接他，在回家的路上，听他叽叽喳喳地诉说着他不可思议的第一天。

"你喜欢你的老师吗？"妈妈问。

"我爱我的老师！"他回答，"她叫我们年轻的公民们！"

妈妈拍拍他帽子的顶端，那几乎跟她一般高了。"那要大大地恭喜你啰。"

他满脸笑容地问："那我能得到一颗星星吗？"

"我相信你得到了。"他妈妈总是带着一塑料袋的银色星星，她从袋子里拿出一颗，贴在他的 T 恤上说："贴上去啦。"

当他低下头看这颗星星时，帽子从他的头上掉了下来。妈妈把帽子捡起来戴在自己的头上，辛可夫看了拍手大笑，她便一路戴着它回家。

当天晚些时候，辛可夫站在前门台阶上，等爸爸下班回家。爸爸是个邮递员，成天走路工作，只有到邮局上下班时才开他那辆破车。辛可夫家买不起新车，所以辛可夫先生总买二手车。每次买了辆二手车后，他都会很兴奋地说："这是辆真正的好车！"但是一两个月后，这辆好车总会开始变坏。

翻修胎的胎皮脱落，汽化器开始发出怪声，冷却皮带断裂。他仍然会继续用胶带、电线、口香糖来修补。要不了多久整辆车就都修补过了，除了辛可夫先生对他的爱车的信心以外。

辛可夫太太总是会悄悄地跟儿子说："又是辆破车。"辛可夫会咯咯笑着点头，但他绝不会对爸爸说出"破车"这两个字，因为那会让爸爸难过。每次只要辛可夫太太说出"破车"这两个字，用不了多久那辆车肯定会挂掉，通常是在下雨天早上去上班的路上，车子就突然一动也不动。即便是辛可夫先生也知道这车是回天乏术了，第二天他便会把它处理掉，并且开始寻觅下一辆好车。

这样的事情到目前为止，周而复始地发生过四次了。这也是为什么辛可夫母子俩私底下把现在这辆车称为"破车四号"。

辛可夫在看到破车四号之前，便听到了它发出的尖锐声响，那令他想起电影里的大象。他在车子绕过街角，轰隆作响地停下来时，便会跑到路边。这时连空气里都会有一种东西烧焦了的味道。"爸爸！"他叫着，跳进他爸爸的臂弯里，"我去上学了！"

"这一颗星星也证明你真的去上学了。"爸爸说着，把他高高举起，走进屋里。

辛可夫在吃晚餐时、晚餐后，直到上床睡觉前，都在讲第一天上学发生的事。跟每天晚上一样，妈妈要求辛可夫做的最后一件事是做祷告。趁这个时候，妈妈把长颈鹿帽子跟一些被子、桌巾一起，藏进了一个大行李箱里。辛可夫把星星从上学穿的衣服上摘下来，贴到了睡衣上。他爬上床告诉老天爷他第一天上学的所有事情，然后再说给星星听。

在辛可夫这个年龄，是看不出来天上的星星和他母亲塑料袋里的星星有什么差别的。他相信星星有时候会从天上掉下来，而他妈妈会像收集橡果一样地收集这些星星。他也相信妈妈会戴着厚重的手套和深色太阳眼镜，因为这些陨落的星星是如此炙热和耀眼。她会把它们放进冰柜里冰上四十五分钟，拿出来时就已经是扁平的、银色的，而且背面黏黏的，随时可以贴到他的衣服上。

这让他与天上尚未坠落的星星们感到很亲近，他把它们当做他的小夜灯。当他在床上即将入睡之时，他不禁猜想究竟哪个数目比较大：天上星星的数量，或者是他还需要上学的天数？这问题问得真好。

七

哈比普

令人意外的是，对于辛可夫来说，每一天都像是第一天。一直有新鲜事发生，一再激起如同开学第一天的兴奋感。比如学习第一个双音节生字，用鞋盒制作出朝圣的场景，用西班牙语数到五，学习关于水、蚂蚁和蛀牙的知识，第一次钻木取火，结交新朋友……

每天晚餐时，辛可夫会告诉爸爸妈妈这一天所发生的事情。但总是会等他爸爸先开口问："今天有什么新鲜事啊？奇卡木！"或"今天有什么新鲜事啊？布古鲁！"或"金卡丘！"又或是"普奇普！"很多事都能逗辛可夫发笑，但让他笑得最厉害的就是发音有趣的怪字。听到这些字就像是有人在用指尖搔他的肋骨，每次只要他爸爸说出一个新字，辛可夫就得放下叉子大笑一场。他总是笑得东倒西歪，就像这个字是一阵强而有力的风，有时他甚至会笑到从椅子上跌下来。

而他的老师米克思小姐发明了最好笑的一个字。有一天她站在黑板前面，试着要解释十亿颗篮球看起来会像什么。"如果你把第一颗放在这里，"她指着眼前的地板，"然后把它们排成一路穿过这道门，通过走廊和操场，一直到街上……哎呀，它们就会一直延伸到哈比普去！"

这时教室里一片讶异的眼神。

哇！

有人叫着："哈比普在哪儿？"

米克思小姐解释，并不是真的有哈比普这么一个地方，那只是她用来表达某一个非常遥远的地方的说法。

就在这个时候，坐在最后面角落的辛可夫危险地向左倾斜，然后就从椅子上摔了下来。米克思小姐赶紧冲他跑过去，但他已经满脸通红、泪流满面、上气不接下气了。

"唐诺！唐诺！"虽然他就在眼前，她仍然情急地大叫。

他泪眼汪汪地抬头看着她，一边气喘吁吁地说："哈比普！"一边敲打着地板。

这时候米克思小姐才搞清楚，她的学生并不是快死了，而是笑得喘不过气了。

辛可夫足足笑了五分钟才安静下来，全班同学才得以继续上课。于是米克思小姐禁止全班——包括她自己——当天再说出"哈比普"这个词。即便如此，后面角落仍时不时传出咯咯的笑声，那是辛可夫的脑袋里又自动跳出了这个词。

那天当他看见破车四号正要往路边停靠时，他一边追着车跑过去，一边问："爸爸！爸爸！你听过哈比普这个词吗？"

"当然听过啊，"他爸爸透过打开的车窗回答，"我还听过哈布普呢。"

辛可夫笑得在人行道上打滚。哈比普、哈布普，他在吃晚餐时还是不断地哈哈大笑，让吃饭都变得很危险了。他的父母头几分钟还很有耐心地微笑着，接着便告诉他不要太出格了，但辛可夫就是停不下来。当一坨土豆泥从他的鼻孔喷出来后，他被遣送回自己的房间。那晚他咯咯地笑个不停，从祷告一路笑到进入梦乡。

在那一周剩下的几天里，辛可夫还是会隔三岔五从后排角落里爆发出笑声，每一次的爆发也都会引起其他同学发笑。有时候有的同学会等老师转过头后，对着他小声说出那个禁忌词，故意逗他发笑。有时候米克思小姐会拼命忍着才能不和大家一起笑，但有些时候她会被惹得发火。

在被惹火的一次她说："唐诺，请上讲台来。"当他站在她面前时，她从讲桌抽屉里拿出一样东西——一枚黄色的圆形胸章。那是这些学生所见过最大的胸章，差不多跟一个大风车太妃糖一样大，上面有一行黑色的字母。

"你能告诉我上面写着什么吗？"

辛可夫在研究这胸章好一会儿后，终于摇摇头。

"是'我知道我能守规矩'。"她把胸章别在他的衬衫上，"我知道你能做到。"

辛可夫得戴着这胸章一个小时。在这段时间里他一次都没有笑，米克思小姐以为自己的策略成功了，便把胸章放回抽屉里。但很快辛可夫又笑了起来，于是胸章又别回他身上。

这样的情况持续了几天，一些曾经戴过那枚胸章的二年级生，听说了辛可夫笑个不停的状况，在操场碰到他时都会问："你今天被罚戴胸章了吗？"

有一天米克思小姐必须离开教室一会儿，当她再回到教室时，发现辛可夫的手在半空中挥舞着。

"唐诺，有什么事吗？"

"米克思小姐，"他回答，"你不在的时候我也笑了。"

她终于明白了，对辛可夫来说，这枚胸章根本就不是一种惩罚，反而是一种荣誉。从此以后，她把胸章放在抽屉里作为对他的惩罚。

不管有没有胸章，辛可夫都很爱上学。有一天，他是全家最早起床的人，他自己穿戴好，自己做了早餐，刷好牙后便自己走路去上学。他心想，我一定是来得太早了，因为一路上都没有看到任何交通协管员或是其他的小孩。

他只好坐在台阶上等学校开门。这时他看到破车四号开过来停在校门口，接着他的父母便从车子里跳出来，两人朝着他急速跑过来。

"唐诺，我们到处在找你！你怎么不在床上呢？"

"我自己来上学了！"他骄傲地宣示。

他的父母彼此对看了一下，妈妈咬着嘴唇，爸爸把他抱起来说："你已经大到可以自己上学了。但唯一的问题是，今天是星期六，不用上学。"

当米克思小姐送辛可夫升上二年级时，她在他的期末报告卡背面写着："唐诺有时候在自我控制方面有问题，而且我希望他能更有条理一些，但是他的个性非常温和善良。你们的儿子是个快乐的孩子，而且毫无疑问很爱上学！"

八
两位新朋友

在升入二年级前的暑假里，辛可夫交到了两位新朋友。一位是他的妹妹，另外一位是个邻居。他的妹妹叫做波莉，邻居名叫安德鲁。

当辛可夫第一次见到这娃娃时，妈妈一边对他说"你看"，一边将毯子往下拉。他吃惊得两眼睁得又圆又大。这娃娃的尿布上有两颗银星！她才刚生下来不到一天，能做出什么事情值得奖励两颗银星呢？他还从来没有哪一回得到过超过一颗星星呢。"妈妈，两颗星？她做了什么了不起的事啊？"他这么问。

"她做了一件最棒的事，"妈妈边说边把毯子拉上来，"她被我生了出来。"

辛可夫怀疑自己漏掉了什么："我也是被你生出来的，不是吗？"

妈妈摸摸他的手，说："当然是啊，你全身上下的每一寸都跟波莉一样，是被我生出来的。"

"那为什么我没有得到两颗星呢？"他问。

"谁说你没有呢？"

他眼睛一亮："我有吗？"

她摇摇头："对不起，我是跟你开玩笑的。那时候我还没有开始发星星呢。"现在，她得再让他重振精神："我跟你说——你想要我现在补发你的出生之星吗？晚发总比没发好。"

他眼睛再次一亮，大叫道："好啊！"

但是她还没说完。"你觉得这样好不好？我们先约好，等到哪天你觉得心情很糟很糟，真的需要有两颗星星让你打起精神来，那时候我再给你好吗？"

他仔细想了一遍，他不喜欢等待，却很爱订约定，所以他跟妈妈握握手说："好，就这样。"然后把手伸进毯子里，逗弄摇晃着小宝宝的脚。

　　一个月以后，隔壁搬来了新邻居。辛可夫太太当天烤了一个草莓天使蛋糕，要送到隔壁去。辛可夫跟她一起去。"这是我们表达欢迎的方式。"她这么跟他说。

　　妈妈按门铃时他就站在她身旁，门打开时，他妈妈开口说："欢迎搬来这里。"她把蛋糕递给邻居女士。称呼邻居女士为奥韦尔太太比较合适，但她的名字雪妮丝更好听。接着他妈妈介绍道："这是我儿子唐诺。"

　　雪妮丝低头对他微笑着，并且握着他的手说："嗨，唐诺。我也有一个儿子，他叫安德鲁。你几岁了？"

　　"六岁。"他回答。

　　"安德鲁也是六岁。"

　　辛可夫惊喜地看着两位女士，"哇！跟我一样大。"他往雪妮丝身后看，"他在里面吗？"

　　"在啊，"雪妮丝回答，"但他躲起来了。他说他永远都不出来了。我们搬来这里他很生气。"

　　辛可夫想了想，对雪妮丝竖起一根手指说："我有一个主意！告诉安德鲁我爸爸是邮递员，这样他就会出来了。"在辛可夫看来，递送邮件是他所知道的最有趣的工作了。

　　雪妮丝郑重其事地点点头说："我来试试看。"

　　在和妈妈回到自己家以前，辛可夫又有了一个主意。"我要专门为安德鲁准备一份特别的欢迎礼物。"

"好样的。"他妈妈说，"做蛋糕吗？"

"不，做饼干。"

他妈妈没有说不。除非是绝对必要，他的父母尽量不拒绝他。所以当他宣布要为安德鲁做饼干时，他妈妈只问了一句："要哪种口味的？"

他毫不犹豫地说："什锦口味。"这是他最喜欢的口味。所有的饼干对他来说都好吃，但是什锦口味的尝起来却是加倍的美味，因为它那有趣的名字。有的时候，他爸爸会故意说成"锦什"饼干，那就能让他笑上一个钟头。

辛可夫的想法是烤一个很大很大的什锦饼干，大到他的新邻居安德鲁非得出来才看得到。

因为他是在厨房的料理台上做饼干的，所以对他来说最大的饼干就是跟料理台一样大的了。但是妈妈提醒他，那么大的饼干烤箱会放不下，他只好做一个跟烤盘一样大的四方形饼干。

每当妈妈想帮忙的时候，这个小厨师就会阻止她："我自己会做。"所以看到这不怕麻烦不嫌累的儿子把厨房搞得一团糟时，当妈的也只能给口头指示，不断地叨念着："老天爷帮帮忙。"面粉和鸡蛋溅得到处都是，接下来的几个星期里，这家人大概都会感觉到脚底下有踩碎的砂糖颗粒。

最后，那饼干终于奇迹般地烤好了。辛可夫一把抓过妈妈手上的防热手套和烤盘握把，说："我可以自己来。"接着便把烤盘由烤箱中拉出来，放在料理台上。又和平常一样没耐心，等不及饼干冷却，他便朝热腾腾还冒着烟的饼干吹气，直吹到喘不过气来。接下来改用手来扇风。终于烤盘冷却了下来，不戴手套也可以摸了。

他端起烤盘就跑到隔壁去按门铃，是雪妮丝来开的门。

"嗨，唐诺。"

"嗨，雪妮丝。我为安德鲁烤了一块欢迎饼干，是什锦口味的。我想如果你把它放在地板上，再等上一会儿，他应该就会闻到香味跑出来。"

辛可夫是很认真的，但不知什么原因雪妮丝却笑了。"进来吧，"她说，"你在这儿等一下。"

雪妮丝留下他一个人站在客厅里，他能听到楼上的耳语声，还听到一声尖锐的"不要！"，然后是下楼梯的脚步声。最后他终于看到安德鲁·奥韦尔，大白天还穿着睡衣，一脸不高兴，气呼呼地向他走过来。

"嗨！"辛可夫打招呼，"我叫唐诺·辛可夫，是你的邻居。我为你做了一块欢迎饼干，是什锦口味的。"

安德鲁的头抬了起来，弯腰往前去闻这饼干的味道，他上钩了。

辛可夫还带了把铲刀，是他妈妈交代他要带的。一块饼干在还没从盘里移到手里之前，都不算是真正的饼干。他把烤盘放在地板上，用铲刀从烤盘的侧边和底部，铲入这巨大的什锦饼干，将这块热乎乎、软绵绵、香喷喷的欢迎饼干铲了起来，然后用两只手拿着要递给安德鲁。安德鲁伸出手，正要接过这块没有盘子托着的饼干时，它却被本身的重量压垮掉到了地板上，辛可夫的双手上只剩下一口大小的碎片。

安德鲁·奥韦尔一脸惊恐地看着地板，尖叫一声："我的饼干！"继而对着辛可夫高喊："你把它掉地上了！"他一边跑上楼一边尖叫着："我恨这个地方！"

辛可夫先把手上的一块碎片塞进嘴巴里，接着把另一片也塞进去，然后把地板上的碎片捡进烤盘里带回家。他坐在自家门口的台阶上，请当天下午每一个路过的人吃块饼干碎片，中间有空当时他自己也会吃一些。

当破车四号嘎嘎作响地停靠在路边时，饼干已经吃完了。爸爸才刚下车，辛可夫就跑到他的跟前，把头埋进爸爸的邮包里呕吐起来。

辛可夫天生有一个倒置的胃瓣膜，这让他每个星期都会呕吐个几次。对辛可夫来说，呕吐就像是呼吸一样正常。

但是对他爸爸来说就不是了，他把邮包带回家是为了修理肩带的。唐诺还是个婴儿的时候，辛可夫先生是换尿片的

高手，但是受不了呕吐物。于是他转过身去，伸长手把这一袋呕吐物拎得远远的，吼一句："拿去给你妈妈。"

很久以前，辛可夫的妈妈就对自己儿子的呕吐礼节印象深刻：他绝对不会到处乱吐，一定会吐在某个东西里面，最好是马桶或者水桶。但这两桶并非随手可得，辛可夫也学会了抓住离得最近的容器来使用。他有时会吐在汤碗里、花盆里、垃圾桶里、字纸篓里、购物袋里、冬靴里、水槽里，有一次甚至还吐在了小丑帽里，但还从来没有吐在爸爸的邮包里过。

他本来以为妈妈会叫着"老天爷帮帮忙"，但是她没这么说。她冷静地放下波莉，然后把那一袋东西倒进马桶，接着用坚硬的鬃毛刷沾上洗手皂，用力刷洗干净，接着抹上皮革油，再喷些刮胡水压过余味，最后把它放进了小波莉的游戏围栏里。

辛可夫吐完肚子又饿了，当晚还是吃完了全部的晚餐。之后他又吐在自己的一只袜子里。

"老天爷帮帮忙！"

九
冠军们

足球是辛可夫喜爱的运动项目。

棒球有太多的等待和太多的直线，而篮球要求的是投射精准，橄榄球则只有持球的球员才会觉得有趣。

但足球却没有什么限制，它就像辛可夫一般率性和横冲直撞。他在七岁那年的秋天参加了足球小小联盟，他那一队的队名叫做泰坦队。每个星期六早上他都第一个到球场，踢着球场四周的松果直到教练现身。

只要比赛一开始，辛可夫就会一直跑个不停。他在格状花纹的足球后面左拐右拐地追逐着，就像是狐狸在追逐田鼠一般——只不过他很少追到球，总是有其他人先他一步追到。辛可夫总是在球从他身旁滚过了半秒以后，才起脚去踢它，所以他老是踢到别人的胫骨、脚踝和屁股。他还踢过裁判两次，有一次更不知道怎么会踢到了自己。他的队友们总是一边揉着被他踢出的淤伤，一边叫他"盲脚客"。

对辛可夫来说，球门就是球门，他不太在乎那个球门是属于哪一队的。在赛季里，他有好几次往自己的球门踢，好在他都没踢进。

第一场比赛对上的是漫游者队。当比赛结束后，辛可夫跳上跳下，学那些运动员握拳振臂高呼："哟嗬！"他没注意到自己是唯一在欢呼的泰坦队员。"你是在高兴什么？"他的队友罗伯特对他说，"我们输了！"

这对辛可夫来说倒是新闻，因为从球赛开始到结束，他从来都没想过分数的事。很明显，输球使罗伯特非常不开心，那全都显现在他的脸上，也显现在他踢草皮的动作上。辛可夫环顾四周，其他的泰坦队员不是在踢草皮、跺脚，就是在用拳头捶打自己的大腿。每个泰坦队员的脸色都很难看。

然后，教练召集泰坦队员们围成一圈说："好了，数到三，为漫游者欢呼。一、二、三——"辛可夫大吼："漫游者！"

还加上一句："你最棒！"

"漫游者。"其他的泰坦队员只稍稍动了动嘴唇，吐出这几个字。

接着教练将他们排成一列，漫游者队员也排成一列，两队队员逐一地如同骨牌般互相击掌，啪啪啪啪，漫游者队员都没摆脸色，口中也一直说着："踢得好，踢得好，踢得好……"而辛可夫则是唯一响应他们说"踢得好"的泰坦队员。

然后所有的泰坦队员走向站在场边的父母。为了向他们的父母显示自己是很认真的足球员，他们踢着草皮，还把护膝、球衣用力扯掉，丢到地上去踩。有一个泰坦队员甚至还跪在地上，放声大哭着把头往草地上撞。

辛可夫也想当一个好泰坦队员，所以他也往草地上踢。他的父母看到他把球衣、球鞋，最后是袜子，通通扯下来扔在地上用力踩踏时，惊讶地张大了嘴。他跪在地上将草拔起来抛往空中，还把安抚奶嘴从波莉的嘴里拔走扔到足球场上。他捶打地面哭喊着："不！不！不！"

现在变成其他的队员及他们的父母在看他表演了。

辛可夫的妈妈说话了："你到底在干什么？"

辛可夫跪着抬起头说："我在因为输球而生气啊。"

波莉开始号啕大哭起来。

"好，现在开始你可以更生气一点儿，因为你这场小小的表演，将让你赔上一个星期的零用钱。限你五秒钟内把安抚奶嘴捡回来。"

辛可夫决定要成为一个更好的输球者，接下来几个星期他都在后院练习当输的一方。但是他再也没有机会在星期六早上表演，因为泰坦队在接下来的比赛里都赢了。

这可不是盲脚客的功劳。

有一次，他惊奇地发现自己单独得球，前面是无人防守的空门。受到身后口哨声和尖叫声的激励，盲脚客不断地往前踢球，完全不知道自己早就出了界。他跨越了另外两个足球场后，才在停车场停了下来。

还有一次他呕吐在球上，导致其他两名球员也吐了。

在这次意外发生以后，有好几名泰坦队员要求教练把辛可夫交换到其他球队去。很快地，他们就庆幸没交换成。

本季的最后一场比赛是泰坦队与黄蜂队的季后决赛。黄蜂队本季也只输过一场比赛，谁赢了这场比赛谁就是冠军。

这场比赛对盲脚客来说一如平常，他不停奔跑，不断起脚，却很少碰到球。有的时候，他还因为想要跟上四周发生的行动，而不停地兜圈子，把自己搞得晕头转向。

在下半场接近尾声时，比分仍然是 0：0。辛可夫站在黄蜂队的球门前，还不知道球在哪里，但突然球撞到他的头弹进了球门，得到一分！然后辛可夫立刻就被欢呼的队友簇拥起来。最后的比分就是泰坦队1∶0战胜黄蜂队。

泰坦队是小小联盟的冠军！

泰坦队乐疯了，队员们像袋鼠般跳上跳下，躺在地上把腿伸往空中猛蹬，还骑在父母的肩膀上，比出"耶"的V形手势欢呼："我们是冠军！"

辛可夫也乐疯了，他试着用头部来倒立，还对着波莉的脸大叫："我们是冠军！"让她不禁眨起眼来。他爬到爸爸的肩膀上，向全世界宣布："我们是冠军！"

就在这个时候他往下看，看到了他的邻居安德鲁·奥韦尔的脸。安德鲁是黄蜂队的。那是辛可夫这辈子所见过的最悲伤的脸，令他想起了一张猴子的脸。他开始注意到其他黄蜂队队员，穿着他们黄黑色的球衣，全都意志消沉地瘫在草地上，瘫在他们父母的膝上，没有一个人是骑在父母肩上的，每一个人都愁眉苦脸。

接着开始颁发奖杯，每名泰坦队员都得到了一座。辛可夫还从来没有赢过任何奖杯。奖杯是一个金色的球员站在黑色的基座上，球员的脚边还有一颗金色的足球。整个奖杯仿佛漆上了阳光般闪闪发亮，那是辛可夫见过的最美的东西。

辛可夫看到其他的泰坦队员在亲吻他们的奖杯，他也亲吻了自己的奖杯。这时，他瞥见黄蜂队队员意志消沉地走向停车场。

他突然就奔跑起来，边跑边叫着："安德鲁！安德鲁！"雪妮丝和安德鲁在停车场里转过身来，辛可夫冲到他们面前："安德鲁！给你。"他把奖杯递出去。安德鲁的眼神告诉他，这事他做对了。"奖杯你拿去吧。"

安德鲁把手伸向奖杯，但是被妈妈抓住了手腕。"唐诺，你这么做真好心，但这是你赢来的奖杯。安德鲁有一天也会赢得自己的奖杯。"

安德鲁的手指像爪子般缩了起来，他离那座金色奖杯只有几寸的距离了。被妈妈拽向车子时，他大声叫了出来："我要那奖杯！"

当天下午，辛可夫坐在后院台阶上，奖杯就摆在他身旁，看起来比先前还亮。辛可夫在玩一个自己发明的游戏，叫做棍子上的甲虫。隔壁的后院里，安德鲁盘腿坐在一片紫罗兰花坛旁，双手托着脸，还是一脸难过的样子。

辛可夫叫他："要不要一起玩我发明的游戏？"

安德鲁摇摇头。

"要不要去巷子里？"

安德鲁摇摇头。

辛可夫问了安德鲁好多问题，但安德鲁光是摇头，苦着一张脸。

过了一会儿，辛可夫厌倦了这个游戏。他看着安德鲁，想不出还有什么可以说的。现在连辛可夫都感到悲伤了。并不单单是因为安德鲁悲伤难过，还有另外一个原因——足球季结束了。踢球比赛是球季最棒的一部分。他希望自己不要感觉那么悲伤。

他拿起奖杯走进屋里。没一会儿，他又打开后门把奖杯放在台阶上，又进屋去了。

当天稍晚些时候，他再出来时，奖杯已经不在了。

十
惨不忍睹

二年级才刚开学，辛可夫就跟老师闹得不愉快了。

他问老师还要来学校多少天，还不只是问这个学年，而是接下来的整整十一年。新老师毕斯威尔太太认为这是她所听过的最恼人、最不合时宜的问题。她在开学第一天衣着光鲜地站在全班面前，而这个坐在前排的小鬼却迫不及待地想从高中毕业。那简直是一种侮辱和不敬。她从不曾像此刻一样被惹毛到差点儿脱口说出："这真是个蠢问题。"她强忍了下来，说道："不用担心这个，你很快就会离开学校的。"

辛可夫根本不是在担心这一点，更不想离开学校。他只是想听到老师说出一个几千几百的大数字，让他感觉自己待在学校的日子似乎永远都不会结束。他以为，所有老师都会用米克思小姐的方式开始新学年的第一天，但现在他猜自己应该是想错了。

在这同时，他被遣送到最后排角落里的座位——流放边疆。毕斯威尔太太是依照姓氏的第一个字母的顺序，来安排座位的。辛可夫，Zinkoff，Z 是排序最后的字母，所以他被安排在了角落里。

他犯下的第二个错，就是大笑。这本来也没什么大不了的，但是辛可夫就是辛可夫，他根本就止不住笑，就算停了下来，没多久他又会再开始笑个不停。

这有一部分是他自己的错，什么事情都能让他大笑。不是只有有趣的事才会令他发笑，而是几乎所有让他感觉舒服的事情都可能令他发笑。有时候连坏事也能逗他笑出来。他的笑就像是呼吸一样自然。

有一天在操场上，一个三年级生被辛可夫的笑声激怒了。那孩子抓住辛可夫的手腕，把他胳臂扭到背后。可他越是把手腕往高处扭向肩胛骨，辛可夫就笑得越大声，虽然眼泪都流出来了。最后那个三年级生害怕了，只好罢手。

当然，辛可夫的同学都知道他动不动就发笑，所以当他们想要看好戏时，只要引起辛可夫的注意，对他扮鬼脸就行了。对班上半数的人来说，真正的好戏不是看辛可夫大笑，而是看他因此而惹上麻烦。

毕斯威尔太太不喜欢小孩，虽然她嘴上没这么说，但每个人都知道。大家都觉得奇怪，为什么一个不喜欢小孩的人当初却要来当小学老师。一年年过去，连毕斯威尔太太自己都开始怀疑了。每年总有一次，她会在自己家里大声质疑，为什么她会成为一位小学老师，可她丈夫或她养的三只猫从来都不回答她。

很多人相信毕斯威尔太太从来不笑。但那不是事实，毕斯威尔太太一年大概会笑五到六次。因为她脸部的线条纹路像石雕般深刻，所以她的微笑也就只是这些纹路稍微往上提一下而已。

因此，你不可能从她的脸部表情看出来她是否真的生气了，你得看她的双手。怒气会使得她手掌交叠、手指蜷曲。当她的怒气上升时，两只指节突起的手会开始搓来搓去，好像在用粗粗的肥皂洗手一般。

没有什么事情比粗心潦草更惹毕斯威尔太太生气了。她见过太多粗心潦草的学生了，但是辛可夫真是自成一格啊。尤其是当他拿铅笔写字的时候，他写的数字简直是惨不忍睹，5 看起来像 8，8 看起来像 0，4 看起来像 7。

还好，数字只有十个而已。英文字母就惨了，有二十六个任他尽情发挥。一旦开始教手写体的话，她可能宁愿去教一条腌黄瓜写字。他写的 o 像葡萄干, l 像喝醉的辣椒, q 像 g, g 像 q。

还有就是基线！这男孩连横在眼前的蓝色基线都会视若无睹。他的字不是跑到线上面就是线下面，有时还会跟基线垂直呢。他写的字啊，随意地在纸页上乱窜，就像是一群在人行道上乱爬的蚂蚁。

当老师征求自愿的"小老师"帮助辛可夫时，安德鲁·奥韦尔自告奋勇跳了出来。每天有半小时，安德鲁要坐在辛可夫旁边，一笔一画地教他怎么写出好看一点的字母和数字。一个星期以后，辛可夫的字比以前还要丑，于是安德鲁被解雇了。

在忍耐了两个月平生所见最差的字迹后，老师的双手扭成一团，向边疆角落发出怒吼："你写的字真是惨不忍睹！"

辛可夫不知道惨不忍睹是什么意思，还笑容可掬地大声回应："谢谢你！"

当天吃晚餐时，他向他的父母宣布："我写的字真是惨不忍睹！"他爸爸看到儿子如此自豪，也只能说："那真是太恭喜你了。"

他妈妈还给了他一颗星星。

不论从哪一方面来看，毕斯威尔太太都觉得辛可夫家的孩子有某些身体上的障碍。她不敢去想这男孩在画图课上的情景。他连会不会受伤都要看运气——当然这对二年级生来说并不罕见，只是这个男孩真是了不起，他几乎每天都会原因不明地跌个狗啃泥。

当他不笑的时候，他的手就在空中挥动。他永远都在问问题，永远都在举手抢着回答问题，但他要答错五次才会答对一次。然而错得越多，他就越要抢答。有的时候，为了被更好地看见，他会蹲坐在他最后排的位子上，像棒球捕手一样将手伸出来，嘴里还大声地吆喝着。

毕斯威尔太太很难想象这样一个成绩中下的学生会真的喜欢上学，所以她的结论是，他的搞笑行为、鲁莽大意和过度热心，不过都是想要激怒她的伎俩。

即使如此，她还是可以原谅他，原谅他的粗心与笨拙、原谅他的傻笑，以及其他令人心烦的一切行为，因为他是个孩子而原谅他——但前提是他能拥有一样东西，那是她的弱点：聪颖。

聪颖是能让毕斯威尔太太高兴的一样东西。在她的童年时期，四年级下学期得到全优的成绩，而且还在学校的科学展中赢得奖项，从此她便最为重视学业方面的成绩。在她执教的这些年里，只有九个学生可以称得上是"聪颖"。

辛可夫当然不是其中之一。随堂考、大考、各种作业、报告，他从没得过优，顶多得一两个良。他也许本来能够多得一些中的，如果她看得懂他的答案的话。但是通常她都举手投降，只给他一个及格。

还有，辛可夫有磨光毕斯威尔太太耐心的各种方式，他就像是一块黑板，她的耐心像粉笔一般，日复一日地被黑板越磨越短。到了十二月的时候，就只剩下一小截了。

就在这个当口他毁了她的板擦。

毕斯威尔太太一直都很爱自己的板擦。它不像学校提供的那种便宜劣等货，它那厚实的软垫像海绵一样，可以将粉笔灰全部吸住，它是板擦中的劳斯莱斯。十年前她自己出钱买了它，也期望它能再用个十年。她每个星期五会把它带回家，用后院堆烤肉架的石块背面把它拍干净。除了她自己以外，任何人都不准碰它。顺带地，她也不准任何人碰黑板和粉笔。

有一天，她去吃午餐回来得比较晚，发现辛可夫竟然在黑板上写字。所有的学生都坐在位子上，全体倒吸了一口冷气，而辛可夫只是对她微微一笑，还在继续写。

"住手！"她对他尖声大叫。

他停下来看着她，圆圆的眼睛像两颗大纽扣。然后在她还没来得及反应之前，他飞快地一把抓起板擦，开始擦黑板。

"住手！住手！住手！"她尖叫着制止他。

听到这些字眼，辛可夫就像是被熊打了一巴掌，他的身体朝三个不同的方向瑟缩了三下，手里的板擦掉到地上，紧接着哇的一声吐了出来，一股脑地全吐在板擦上。

"出去！出去！出去！"毕斯威尔太太站在门口对他尖叫，手指着走廊的方向吼，"滚出我的教室，再也不许回来！"

辛可夫走出了教室。

他茫然不知所措地走向走廊，当教室的门在他身后砰的一声关上时，他又缩了最后一下。他一直走到走廊尽头的门口，打开门继续往外走。他走了很长一段时间，一直都能感觉到脑后毕斯威尔太太那指着他的手指。

很快地，他发现自己已经到家了。他妈妈用警觉的眼神看着他问："你的外套呢？看你浑身发抖的。"

毕斯威尔太太告诉校长那是一个误会，她那时只是指着校长室，要他去校长室报到。校长说，不管是不是误会，老师都不可以把学生赶出学校。毕斯威尔太太说，她只是跟一般人一样，受不了那个学生而发了脾气。校长说老师并不是一般人，他在他的办公室里私下谴责了她。

辛可夫太太打电话询问校长，她儿子被告知不许再回学校，是不是真有这回事。校长赔笑着说那只是一个误会，学校当然欢迎她儿子回来上课。辛可夫第二天一大早就到学校了，比校工还早。

在剩下的学年里，毕斯威尔太太只得拧紧双手，并遍寻所有的店铺和商品目录，寻觅另一个劳斯莱斯板擦。她还自己花钱买了一个黄色塑料桶给辛可夫，告诉他在教室里随时要带着塑料桶。辛可夫从来都没在塑料桶里吐过，不过却用它来收集奇怪的石头和彩色玻璃，带着它们四处跑。

十一
邮递员

　　春天时，毕斯威尔太太确定辛可夫至少有一天不会到学校来：亲子工作日。这个男孩总是不停念叨着有关他爸爸是邮递员，还有他长大后也要当邮递员的事。他肯定会在亲子工作日那天和他爸爸一起上班。

　　老师想得也对也不对，辛可夫当然想在亲子工作日那天不上学，但是邮局不准邮递员带孩子一起递送邮件，他们说那样太危险了，更何况邮车只有一个座位。

辛可夫已经求爸爸带他去亲子工作日求了许多年了，现在又加上得看着其他同学在亲子工作日跟爸爸妈妈一起上班，他却得独自一人被留下来，这真是难以承受的痛苦啊。所以每天他都缠着爸爸不放。

"我不能带你去，"爸爸这么对他说，"他们会开除我的，你希望他们开除我吗？"

这孩子只能嘬嘴摇头，然后过不了多久整个纠缠过程又要重来一遍。

连续几天都上演同样的节目。

最后，辛可夫先生终于有了主意。

"好了，好了，"他这么说，"我不能正式地带你去上班，不能在工作日带你去，也不能用邮车载你，可是我能这样做……"

辛可夫听完爸爸的计划后，立刻冲到隔壁找安德鲁。

"我会有自己的亲子工作日——唐诺·辛可夫工作日，安排在星期天。现在我可以过亲子工作日，而我爸爸也不会被开除了。"

"我跟我爸爸是在真正的亲子工作日去上班。"安德鲁这么说。

"我爸爸是邮递员，我要去送信了。"辛可夫自顾自地说。

"我爸爸是银行家。"安德鲁说。他们在安德鲁家的后院里，安德鲁正用他妈妈的煎饼铲对着墙壁打乒乓球。这乒乓球是他几个星期前跟辛可夫借的。"我会赚很多的钱。"

"我要坐我爸爸的破车去送信。"

"我要坐火车去上班，一路坐到都市里。"

"我要背我爸爸的邮袋，他说那真的很重，但我还是要背它。"

安德鲁转过身，用尽全力朝那颗球打下去，让它弹得老高，一直飞上辛可夫家的屋顶，滚进排雨沟里。"我要坐在我爸爸的办公桌后面，他还说能让我坐在副总裁的位子上。"

辛可夫抬头往上看着排雨沟，那是他唯一一颗乒乓球。"我要跟我爸爸一起吃午餐，就在破车里吃。"

"我们会在餐厅吃午餐，有时候市长也会去那间餐厅用餐。我爸爸说等他加薪以后，我们就要搬走，再也不回这个垃圾堆。"

辛可夫看看四周，没看到有什么垃圾。他好奇地想着安德鲁爸爸说的垃圾堆是什么。虽然并没有刺眼的阳光，他却无法再抬起头看着排雨沟。

当亲子工作日到来的那天，辛可夫看着安德鲁和他爸爸一起去城里上班。安德鲁穿着西装，打着领带，看上去就像一个小小银行家。

两天以后的星期天，就是唐诺·辛可夫的工作日。为了准备好这一天，辛可夫的爸爸特地带给他一大叠信封和白纸。星期天并没有正式的邮件要送，辛可夫得自己准备信件。他写了四十、五十、六十封信还意犹未尽。他写下那些他想象人们会在信里写的文句，他感觉自己真的是大人了，因为那些信纸上都没有画线。他折好信一一放进信封里，还在信封的右上角用蜡笔画上邮票，并写上收信地址，将准备好的信（共计一百封！）放进邮袋里。

辛可夫一家在那个星期天早早就去了集市。回到家后才两分钟，本镇的新邮递员就整装待发了。他从冰箱里将前天晚上装在两个牛皮纸袋里的午餐拿出来，交给爸爸拿着，自己则背起那巨大的皮制邮袋。邮袋都垂到他的脚后跟了，他拖着它穿过客厅，跨出大门，走下台阶，通过步道，一直到破车旁。他还设法将邮袋搬上车前座，当做他的靠垫。

辛可夫先生决定让这一天完全照儿子的期望走。他知道唐诺期待能离家足够远，再开始送信工作，所以他开车绕了十五分钟后，才把车停在离家三个街口远的牙医诊所处。这条街叫做柳树街。

唐诺跳下车就想开始送信。他爸爸抓住他："哎，小伙子，等一等。"

他给了儿子一些指示。从牙医诊所开始送起，一家一封信，不要往信箱里偷看，要表现得很专业。

"'表现得很专业'是什么意思？"唐诺想知道。

"意思是要表现得像成年人在工作，那也是你能拿到薪水的理由。"

这男孩傻傻地看着爸爸问："我会领到薪水？"

"当然啊，今天工作结束后你能得到五块钱。"

"五块钱！"唐诺高兴得想跳起来，但是邮袋把他给拉住了。

"你还需要一样东西，"他爸爸说："少了这样东西，你就不算是个真正的邮递员。"他伸手从后座拿出一顶帽子，那可不是随便的一顶帽子，那是他自己送信时戴的邮递员帽。帽子的颜色是邮递员蓝，像麦秆编制的遮阳帽，是他在炎炎夏日时搭配百慕大短裤制服所戴的帽子。

唐诺满心骄傲地戴上头盔，当然太大了，盖过了他的耳朵与鼻子。但他根本不在乎，他尽量调整好头盔，吃力地走向牙医诊所的门口。邮袋不断地撞击着他的脚后跟，头盔也在他头上晃动着。

他停下来转身叫："爸，还有一件事。"

"什么事呢？"

"要亲切友善，邮递员永远都是亲切友善的。"

"没错，现在去工作吧。"

牙医诊所的信箱位于停车场的边缘，唐诺把邮袋绕到前

面来，这样他才能够到里面，抓出一封信投入信箱里。他转过身对着车内的爸爸，举臂高呼："好了！"

还剩下九十九封。

他继续由这一区往下走。柳树街有一些独栋有门廊的房子，其他的就是和他家一样的连排砖造房子。有些有固定在栏杆上的信箱，有些是在大门上有投信口。

第一间房子有个投信口。唐诺把信滑进去后，便等待着信件落地的声音，但是他没听到任何声响。这投信口的高度刚好跟他的眼睛一般高，于是他悄悄地用手指把投信口的铜盖片往里推，接着把帽子摘下来，将眼睛往缝里凑，竭尽所能地想要看到地板上的信。可他只看见一片绿色的地毯。他又环顾室内想要找到些有趣的东西，然而只看到一个很平常的客厅，摆着一些家具和墙上的一幅四只猎犬玩扑克牌的画。

"不许偷看！"

他爸爸的声音穿透破车四号沿着街道缓缓而行时所发出的轰隆声。辛可夫把手缩了回来，重新戴上帽子，继续工作。

他很快就发现了一件事：将信投进投信口内要比投到信箱内更有趣。投到信箱里，根本就没有人知道；但投到投信口里，就像你把信直接丢进了一个人的家里，有时候他们可能刚好就在门的另一边，你还能够听见他们的反应。

"妈妈！妈妈！我们有信。"信投进一扇门之后有声音，辛可夫便在台阶上停下来仔细听。

"星期天没有人送信。"屋里的妈妈不耐烦地回答。

"有，有人送信！星期天有人送信，你看！"

辛可夫微笑着走开了。

在另外一座房子的门前，他正要把信投进去时，门就打开了，门里站着一个只穿着纸尿裤，嘴巴周围沾满巧克力的两岁小娃。

他们对视了一会儿，辛可夫说了声："邮递员。"便把信递了出去。

"姆嘘。"这两岁大的娃娃发出了一个声音，辛可夫看不出这娃娃是男生还是女生。不论男女，小家伙的双颊因满嘴的食物而鼓鼓的，空气中有股浓浓的花生酱味道。

"你收下它吧，"辛可夫这么说，"也许是你的信呢。"

这两岁大的娃娃用沾满巧克力的手收下了信，突然转过身跑了起来，还一边大叫着："姆嘘！姆嘘！"

辛可夫赶紧把门拉上。

又投递完几间房子后，他看到一个小孩坐在房前台阶的最上层，看起来像是在生谁的气。信箱装在门牌下方的砖墙上，辛可夫不确定自己该怎么做，他是该把信投进信箱里，还是交给那小孩呢？万一这小孩其实不住在这里呢？

"你住在这里吗？"辛可夫问。

小孩瞪了他一眼，并不答话。破车仍在街上轰隆作响。

辛可夫心想，这小孩应该是住在这里的，但他还是决定把信投进信箱，这才是专业的做法。他把信往前凑近信箱时，那小孩忽然伸出手把信从他手里抢了去。

小孩看了信封一眼，做了个鬼脸说："这才不是什么信呢。"

"这是一封信，我正在送信。"辛可夫说，"你看，这是我爸爸的邮袋。"

"这才不是什么信。"这小孩又重复了一遍，他的嘴唇说出最后一个字的时候，弯曲成了嘲笑的嘴型，"这不是邮戳，是用蜡笔画的。这也不是地址，根本就看不懂。"他把信封撕开，"这也不算是文字，全是乱画的。"他把信撕成两半，塞回辛可夫的邮袋里。

辛可夫知道，不论下雨、下雪还是下冰雹，他都应该要递送信件——但如果碰到一个坏小孩，把信撕成碎片时，他该怎么办呢？

他转眼看向破车四号，只见他爸爸向他竖起大拇指，并指向下一家。

辛可夫想起来了：要保持亲切友善。

他给了这小孩一个最棒的微笑，并说："很高兴认识你。"然后就继续往下走。

　　他在好几家的门后面听到了狗叫声。在另外一扇门后，他还听到一种听不懂的语言。他听到只言片语，和人发出的声音。还有一次他听到一种怪声，跟他在电影里看到的翼手龙的叫声一模一样，但那当然是不可能的。

　　每一次他想要往投信口里偷看时，他爸爸便会大叫："不许偷看！"但他就是会忍不住。

　　那一瞬间他有一种奇怪的念头，事实上这念头根本尚未成形。他的脑袋想要抓住这念头，就像猫想要抓住影子一样。如果他真能抓住这念头的话，那它大概是这样子的：在大门后面正发生难以想象且不可思议的事情，可是当你一掀起投信口的盖子时，它们就一下子全都消失了，你能看到的就只是一个普通的客厅。

　　当他走到第二区的最后一栋房子——在送了五十六间住户和一间牙医诊所之后——他爸爸喊道："午餐时间！"

十二

柳树街九百巷

　　等爸爸把破车停好，他们就坐在前座吃午餐。辛可夫对于午餐吃什么想了很多，在平常的日子里，他可能会打包个香蕉花生酱三明治、一包 M&M 巧克力外加草莓小蛋糕当做午餐。但那似乎不像邮递员吃的午餐，所以这回他做了一份黎巴嫩熏肠三明治，里面夹了奶酪、莴苣、腌黄瓜和芥末。他选了苹果做甜点。本来他还想用保温瓶装咖啡喝，但是妈妈只准他带无咖啡因的冰红茶。

那是他吃过的最棒的一顿午餐，与爸爸一起坐在破车四号里，后座还有帽子和邮袋等着他。他把冰红茶倒进红色塑料杯里，把它当成咖啡喝。

他吃了半个三明治，咬了两口苹果，啜了一口冰红茶，就打开车门想要出去。这时爸爸说话了："你要去哪里？"

"回去工作啊。"辛可夫回答。他等不及了，因为太兴奋而吃不下午餐。

"把门关起来，放轻松。"爸爸说，"你不能狼吞虎咽地吃几口午餐就马上走人。午餐时间不仅是让你吃东西的，工作中的男人还需要休息。"

辛可夫关上车门，双手环抱胸前靠在座位上，边望着车顶边吹着口哨。

爸爸看到他这副模样，不禁笑着问："你这是在放松吗？"

"对啊。"

"那好，我们不单是要放松，我们也说话聊天的。"

"那我们聊什么？"

"想聊什么都行。"

辛可夫没想多久就说："老爸，你看是不是要下雪了？"

"当然会下雪，但不是今天，也许要等到冬天吧，现在可是温暖的四月天。"

"噢，那会下雨吗？"辛可夫又问。

他爸爸抬头看了看天，然后说："看起来不像是要下雨。"

"那冰雹呢？"辛可夫满怀希望地问。

"对不起，不会下。"

辛可夫用力打了椅垫一拳，埋怨一句："真扫兴。"

对辛可夫来说，当邮递员最棒的一件事，就是不管遇到雨、雪、冰雹，或是传说中的涨大潮、刮飓风等等的日子，都得递送邮件。事实上他之所以会决定要当邮递员，就是因为有一天他看到爸爸下班回家时，耳罩上挂着小冰柱。他看着爸爸把身上的冰雪抖掉，然后问："哇，老爸，辛苦吗？"他永远都忘不了爸爸是怎么回答他的。爸爸从帽子上弄下一根小冰柱，当做牙签放进嘴里后，潇洒地回答道："怎么会，小事一桩。"从那天开始，每当他由教室窗户看见外面是风雨天时，他就会想象爸爸英勇地穿越暴风雪，口中还说着："小事一桩……小事一桩……"

昨晚上床时，辛可夫还热切地期望第二天能有大风雪，但一早起来跑到窗前，只看见满满的阳光。他遍寻天际与地面，找不着一粒冰雹。

"但是你要知道，"他爸爸这么说，"天气并不是你唯一要担心的事。"

"不是吗？"

"当然不是。还有会咬人的狗和野猫，会害你滑倒的香蕉皮，不小心绊到就会跌破鼻子的乌龟，还有犀牛。"

唐诺吃惊地叫道："犀牛？"

"没错，谁说犀牛不会从动物园跑出来，出现在你送信的路上？你知道有任何法律禁止这种事发生吗？"

辛可夫想不出来有哪一条法律禁止这种事发生，只好说："我想应该没有吧。"

他爸爸点点头说："那就对了，外面是个危险的世界。一个邮递员要应付的不仅仅是下雨下雪而已。"

辛可夫听到这里不禁开心地大叫："哟嗬！"他望向车窗外，知道这世界并不像它看起来那样的安全，因而松了一口气。"老爸，午餐时间结束了吗？"

他爸爸看了下手表，然后说："差不多了，刚好够时间聊一下'等待者'。"

辛可夫瞪眼问："啥者？"

"等待者啊。你会在下个街区看见他，900 号那一区。地址是柳树街 924 号，你会看到他在信箱后面的窗户里。"

辛可夫的好奇心被勾了起来，问："他在等邮件吗？"

"不是，他在等他的哥哥。我听说他已经等了三十二年了。他哥哥去参加越战，结果成了 MIA，再也没回来。"

辛可夫隐约感觉到远方飘来了一丝哀伤，又问："什么是MIA？"

"MIA 是 Missing In Action 的简称，在战斗中失踪的人。意思就是说，他们非常确定他已在战斗中阵亡，但是没找到他的尸体。"

"老爸，你确定吗？"

他爸爸望向车窗外，缓缓点头答道："我非常确定。"

"等待者难道不确定吗？"

"我猜他是不确定吧。"

三十二年了，辛可夫根本无法想象一个人怎么能等这么久。不管要等任何东西，他连三十二秒都等不了。当然了，自己的哥哥并不是任何东西，但是他会为他的兄弟等上三十二年吗？他会为波莉等那么久吗？

他爸爸拍拍手说："好了，聊够了。现在该开工啰！人们在等待他们的邮件呢！"

辛可夫赶忙爬到后座，背上邮袋，把帽子往头上一戴，走上人行道。

这一天工作结束的时候，并没有逃脱的犀牛，也没有乌龟，甚至于连一片香蕉皮都没有。但是辛可夫的确看到了等待者，他是窗户后面的一张脸，就在砖墙上的白色号码 924 旁。他显然穿着睡衣，白色的头发在耳边很浓密，但顶上已见稀疏。他朝着辛可夫走过来的方向，望着远方的街道。当辛可夫站在台阶最上面的一级时，他已经近得伸手便能摸到窗户了。等待者却一动也不动，似乎没有察觉到有人站在那里，只是眼睛眨也不眨地直视着远方的街道。

辛可夫注视着等待者，比他自己感觉得还要久得多。他一动也不动，直到他想这大概是他有生以来等待任何东西最久的一次。

他快要走到下一间房子时，才想到自己忘了一件事情，连忙冲回去投递 924 号的邮件，等待者还在那里。

走过几间房子以后，辛可夫听到有人在他后面喊着："邮递员先生！喂，邮递员先生！"

他转过身，抬头从帽檐底下往上看。

一位穿着翠绿色连衣裙的白发老太太，站在台阶上挥舞着手里的信件。她被铝制的四脚助行器圈着，向他微笑着叫着："邮递员先生，谢谢你。"

辛可夫也回喊："不客气！"他还立正向她敬礼致意。

接下来没多久，一个辛可夫没有预料到的时刻来临了。他伸手进邮袋拿信时，却只摸到邮袋的皮里子。他把邮袋拿下肩，放在人行道上往里看，里面空空的，什么也没有。他已经送完了一百封信。他曾经想象过许多次，如何开启唐诺·辛可夫工作日，却从来没有想过它会如何结束。

破车四号在路边轰隆作响。

"工作日结束了，"他爸爸喊，"该回家了。"

辛可夫不情愿地拖着邮袋回到车旁。他爬进车内，舍不得脱下帽子。爸爸把今天的工资付给他，他连看都没看就把它塞进口袋里，一路哭着回家。

十三
等待

　　安德鲁的父亲一定是加薪了，因为在辛可夫升上三年级时，安德鲁就不在了，搬去了镇外一个叫海瑟坞的地方，一处有着车道和前院植了一棵树的独栋房子。辛可夫听别人说的。

　　在三年级那年的十一月，辛可夫度过了他八年人生中最难熬的一段时间。他动了个手术。他到医院以后就被麻醉了，医生将他倒置的胃瓣膜修正回来。好消息是他不会再呕吐了，坏消息是他将有三个星期没法去上学。

他快把妈妈逼疯了，妈妈每十分钟就要喊一次："老天爷帮帮忙！"在他从医院回来的第二天，他就企图偷溜到学校。他妈妈制造了一个警报器，摆在大门前面，一旦她儿子想要出去，警报器就会响起。波莉就是这个警报器。

波莉现在已经十七个月大了，能说的话不多，但是很会说"拜拜"，而且说得非常清楚——事实上，她是用喊的——她只要看到有人要离开家，就会说拜拜。每天早上，辛可夫太太先把后门锁上，然后将波莉的游戏围栏抵住前门，再把波莉放进去玩耍。这才去忙她的家务，并且准备好只要听到"拜拜"的声音响起，就往前门冲。

但那只发生过一次。辛可夫太太赶忙跑过来时，刚好看到她儿子的一条腿已经跨在门外，波莉在一旁用尽吃奶的力气喊着："拜拜！"她还发现波莉的手里有一个已经被捏烂的巧克力杯子蛋糕。那是一项贿赂。

一旦辛可夫了解到逃跑是不可能的任务之后，他就会开始考虑以其他的方式来打发时间。这是非常重要的，因为多余的时间在辛可夫的手上，就像是一头大象那么沉重。他最恨等待，他恨等待甚于其他任何事情。对辛可夫来说，等待基本上就是停滞不动。他恨等待排队，恨等待卫生间空出来，恨等待答案、等待吐司在烤面包机上烤好跳起、等待浴缸装满水、等待汤变热或变冷、等待车子到达终点……

所有事情里面他最恨的是睡觉，他认为那是对人类的诅咒。每天晚上他都要抗议一次，每天早上他也都尽快起床。事实上，就辛可夫的观点来说，他从未真正睡过觉，他只是整晚在等着起床罢了。如果稍加逼问，他会承认自己爬上床了，但不是去睡觉。

他的亲戚和别的大人，会故意拿这件事寻他的开心："唐诺啊，你昨天晚上是几点上床的？"

"九点整。"

"那你是几点睡着的啊？"

"我没睡。"

"你是说你整晚都没睡？"

"对。"

他叔叔史丹利每次来家里的时候，都会大声宣布："啊哈——不睡觉的奇葩在这里！"

再有就是坐着不动的事，像是看电影、读书，还有待在教室里的时间。和睡觉一样，这些都是非动态的。但也不尽然，只要是能引起他的兴趣，能让他思考，辛可夫就是在动。然而这一点你无法从表面看出来，因为这时移动的部分是看不见的，在他眨也不眨的眼睛后方，他的大脑在动。

这是八岁的辛可夫想象他脑袋里的样子：一个活动的部

件，好比手肘或膝盖。他的想象是，当他感到有趣或是在思考的时候，他的大脑就在活动，往各个方向伸展和收缩。当他的大脑停止活动，也就是当他感到无聊时，电视就像是关起来了，书本就像是合上了，老师说的话就充耳不闻了。

对辛可夫来说幸运的是：他很少会感到无聊。

但在他这三个星期的疗养复原期间，他却时常感到无聊。每一天他都在窗前，看着去约翰·赛特菲小学上学的孩子经过。而他不仅不能去上学，还被禁止做任何比在室内走动更剧烈的动作。他的世界被缩小到客厅的沙发上，他很快就受够了电视与书本，受够了拼图与画画，受够了触摸自己手术时留下的缝线。时间一分一秒地过去，一天似乎永远也过不完。他只能盯着眼前的窗户，而时间的大象在他的手上越来越沉重。他渐渐能体会到等待者的漫长等待了。

他渐渐能体会到等待一分钟有多么痛苦，等待一小时有多么难熬。虽然他无法将这种体会诉诸文字，但他了解到了时间本身是空虚的，什么都不是，可是人不是为了空虚而活着啊。有一天，他盯着墙上的钟，整整盯了三十二分钟，然后他边看着窗外边对自己说："三十二年了。"他尝试将自己的脑子，像丢石头般投向三十二年后的未来，但是它只掉进了一片广大无边的灰色悲伤里。他知道这并不是自己的悲伤，而是等待者的悲伤。这悲伤无所不在，在屋瓦上，在排水管

里，在砖墙与巷弄里。而这种悲伤与空虚是一样的，永远不
会止息。除非哪一天，有一个军人沿着柳树街走回来。

辛可夫转开眼不再看窗外。他感受到一股急迫的需求，
想要和他的小妹妹玩耍。于是他跟她玩了一两个小时，逗她
笑。既然他还不能去上学，他决定把学校弄到家里来。

他要给自己来一次测试。

十四

火炉怪

对辛可夫而言，黑暗有许多种。有衣橱里的黑暗和床底下的黑暗，还有一种他一直看不到的黑暗：抽屉里的黑暗。不管他多快地拉开抽屉，想要抓住这黑暗，但是光线涌入得更快。所以有所谓的外在黑暗与内在黑暗。

不像大多数的小孩，辛可夫不怕黑暗。外在的黑暗是吓不倒他的，他爸爸曾经告诉他，星星是很遥远的太阳，这种有许多太阳在天上的想法，夜晚会给他一种温暖舒适的感觉。而内心里，他似乎随身携带着自己的阳光——他就是个装满阳光的瓶子——即使有时候他跟波莉玩躲猫猫，藏在衣橱里也一丁点儿都不害怕。

但是在某一方面，他还是像大多数的小孩一样：他害怕地下室的黑暗。即便如此，严格来说他怕的并不是黑暗本身，而是藏在黑暗里的东西——火炉怪。

就像大部分的火炉怪一样，当有人在附近的时候，辛可夫家的火炉怪都会躲在火炉后面，你是看不到它的。只有当人都离开，灯也关了起来，楼梯顶端的门也关上了之后，在这完全的黑暗中，火炉怪才会从火炉后面出来。

在这个时候待在地下室里，才是辛可夫所能想到的最吓人的事。而这就是他对自己的测试。

如果辛可夫没有这两个星期的空闲，让他兴起满脑子的无聊想法，或许他根本就不会想到测试这档事。他实在是太无聊了，才会冒出这念头，而辛可夫就是这个样子：想到就要做到。

有一天，当妈妈在打电话，波莉正在睡午觉的时候，他打开位于厨房的地下室门，站在楼梯口打开了灯。地下室昏暗模糊，只有一盏四十瓦的灯泡。他数了一下楼梯共有九级，但在他的眼里活像有九百级，九百级通向无底黑洞的阶梯。

他双膝打颤，一只汗津津的手抓着栏杆，另一只手扶着墙壁，缓缓地往下走了一级。他的呼吸开始变得急促，好像他是在跑步。他坐了下来。

他坐了许久，心想待会儿自己就会慢慢感觉好一些，但事实不然。他不愿再往下多走一寸，一心只想转身往上走一级，然后关掉灯，重新回到厨房里，把地下室的门关上，去跟波莉蜷在一起睡午觉。他想象着自己正在这么做……但他却又往下走了一级。

他能看见地下室里更多的东西了：那冰冷的、有裂痕的灰色水泥地板；曾经刷白了的墙又变得灰暗，沙尘不时从布满墙壁的绿色裂缝中渗出；还有他爸爸的那张工作台，木质的台面因经年累月磨损而显得粗糙。而那造型现代的燃油火炉和热水器，似乎与这令辛可夫联想起废墟的破旧地下室不太搭调。

他再往下走了一级，突然好像瞥见了一个毛茸茸的侧影溜出他的视线。

他用两只手紧紧抓住楼梯的前缘，睁大双眼盯着那团阴影。

那怪物说话了！

辛可夫转身狂奔上楼梯顶端，夺门而出，回到厨房，进入他熟悉的光明里。他胃部伤口的缝线都刺痛了起来。他知道那其实不是怪物，而是燃油锅炉点火时所发出的嘶嘶声。

他知道的，他是知道的，但他无论如何就是不敢靠近地下室的门。

直到第二天。

第二天，他往下多走了三级。他现在算是真正在地下室里了，离下面的灰色石头地板更近，比上面的楼梯口更近。他往后看由上方厨房透进来的光线，反复对自己说："这只是间地下室，这只是间地下室……"但他的心脏都快要跳出来了，伤口的缝线又在隐隐作痛。除了锅炉的嗡嗡声以外，他还能听到妈妈的声音。妈妈最近找到了一份电话营销的工作，常常打电话，为一家健身俱乐部推销会员资格。他低声对火炉的方向说："请不要出来。"

另外还有一个声音，就是他妈妈的烹饪定时器所发出的嗒嗒声。他将它设定为五分钟并带在身旁，就摆在他旁边的楼梯上，听起来就像是铜鼓发出的隆隆巨响。在他刚认定这定时器出了故障时，它就发出了如同火灾警报般尖锐的响声，他大叫着跑回了厨房。

第三天，他不带定时器了。他一级级往下走，直到双脚踏在地下室冰冷的地板上。他开始数数并低声地念出数字，他要待在这里直到自己数到一百。这下面明显比外面凉，他头顶只有四十瓦灯泡所发出的昏暗微光，似乎在嘲笑他所喜爱的太阳与星星。一抹昏暗的光影投向火炉的远角。最后他终于数到了一百，便回厨房去了。

他试着让自己感到开心，祝贺自己做完了这些事。但他不能欺骗自己，他不能忘记这测试还没有结束。

第二天他回到医生的办公室拆线，接着就是周末了。等到星期一他才继续这个测试。他做的事跟第一天一样——往下走了三级——只是这一次有点不同，他没有打开地下室的灯。这一次只有来自楼梯口的灯光照进地下室。他又开始数数了。

他多么渴望那来自四十瓦灯泡的微弱光线！他抬起手凑到眼前，紧盯着自己的手背，将视线固定在那上面。他伤口的缝线现在已经拆除了，留下的伤疤仍然在隐隐作痛。当他数到一百时，他的手已经在颤抖了。他费力地爬上楼梯。

隔天，他往下走了六级，已经超过一半的路程了。他眼前的手指显得更不清楚。他发现自己数得太快了，便设法让自己慢下来，但好像永远都数不到一百。

当他隔天往下走到楼梯的最下面时，他紧握的双手苍白得像鬼，感觉不像他自己的手指。他强迫自己紧盯着前方的一片黑暗。他改用一种新的方式数数："灯光就在我后面，五……灯光就在我后面，十……灯光就在我后面，十五……"有些数字出来就变成了打嗝声。手术后他打嗝打得很厉害。到了最后他根本就是在尖叫："灯光就在我后面，一百！"叫完随即飞奔上楼。

妈妈跑过来问："发生什么事了？"

"没事。"他回答。

"那你在鬼叫什么？为什么喘成这样？"

"我在喘吗？"

她用手抬起他的下巴端详，说："我想等你回去上学以后，我们俩都会很高兴。现在，给我坐回沙发上去。"

第二天早上，辛可夫跟平常一样，第一个就起床了。他非常紧张，嗝打得比平日里更厉害，连早餐都快吞不下去了。到目前黑暗测试仍旧进行得很困难，但最严酷的部分还没来呢。他等爸爸去上班，妈妈开始做电话营销后，才往客厅里窥视——警报器波莉正在她的围栏里，守卫着前门。

他在厨房里独自坐了很长一段时间，想象自己是一块光线海绵，在感受并吸收光线。他从未像现在这样欣赏过周围这些司空见惯的东西，烤面包机那银色的金属表面及上面映出的小小的影像，满满的蓝黄色荷兰男孩饼干罐，以及波莉水杯上突出的红色吸管。

他最后一次环顾四周，心想自己还能再看到这些事物吗？

他从口袋里拉出一只袜子，把它卷成一个球，塞进嘴巴里。他又多坐了一会儿。

他盘算着自己的计划：第一天走三级，第二天再多走三级，第三天走到底。

终于他勉强从椅子里站了起来，然后像个死刑犯一样，走上这段通往地下室大门的漫长的审判之路。

他打开地下室的门，往前走上一步，再把门拉上。

随即他便知道自己的恐惧迷失了目标。

他期待黑暗，没错，真正的黑暗——但这是不一样的东西。这是绝对的黑暗，如此纯然怪异的黑暗，似乎已经连他都抹去了。他将手放在面前一寸处，却无法——真的无法——看见它。为了确定自己的存在，他伸出一只手去摸另一只手臂，第一次没能抓到。他挤压自己的前臂，希望能挤出一些先前吸收的光线，但挤不出来。

他往身后摸去，想找到门板的光滑表面。颤抖的手指摸到了门把。有一个声音在他耳边低声说："转动门把，快转动门把回厨房去。"那正是他想要他的手去做的事——转动门把，但他的手不听使唤，放开了门把。这时他整个身体，却违背了他的意愿和理智，竟然蹲下来坐在第一个台阶上。

接着他领悟到第二件事：他得忘掉这三天的渐进计划，他今天必须一次做完。

要做就现在做，不然就永远别做了。

他又往下走了一级，还有七级……又一级，还有六级……又一级……又一级……他的呐喊声被嘴里的袜球压抑着，声音在探寻袜球的薄弱处，想释放出来……又一级……又下一级……现在怪物已经从火炉后面跑出来了，他知道，也感觉到了。火炉怪现在已经站在火炉前，正往楼梯的方向移动。怪物现在距离他的脸只剩下几寸了，他如果伸出手，或是往前再走一步……就能摸到它……

伤疤在这时又痛了起来。

他想都没想便这么做了：在还剩两级就到底时，他转身拔腿跑上楼梯。

在厨房刺眼的灯光里，他把袜子从嘴里扯了出来。靠在椅子上大口喘气时，他想到自己停下来时，只剩下最后两级楼梯了。他失败了，连自己的测试都没能过关。他想了好一会儿，听到妈妈在楼上讲电话的声音。他倾听着，最后还是跑去跟波莉玩了起来。

四天后，他就回学校上学了。

十五
被发现了

辛可夫在四年级的时候被发现了。

他当然一直都在那里，在家，在校园里，整整十年之久。他早就被称为笑不停男孩，还有在动手术以前，他也被称为呕吐男孩。事实上，为了让自己被别人发现，辛可夫几乎什么事都做过不止一千遍了。

对所有的新发现而言，改变的是眼光而非事物本身。

发现辛可夫是一项历时一年的渐进过程，开始于这个学年的第一天。四年级的老师是亚洛维兹先生，他是这个班级的第一个男老师。亚洛维兹先生站在全班面前，手里拿着一叠姓名卡。他仔细地看着每一张卡片，似乎想记住每一个名字。然后他开始洗牌，打乱这些卡片的顺序。他洗完牌后将整叠卡片放下，然后拿起最上面的一张卡片。"辛可夫，"他念着，两眼紧盯着卡片，"唐诺·辛可夫，你在哪里？"

辛可夫现在已经知道自己该待在哪里，早就坐到了最后面的角落：边疆。这时他突然跳了起来，叫着："老师，我在这里！"

一抹微笑浮上了亚洛维兹先生的脸庞，他抬起头来说："辛可夫……辛可夫……辛可夫，你想知道一件事情吗？"

"想啊，老师！"

"你是我遇到的第一个姓氏以 Z 开头的学生，这不是件容易的事，对吗？辛——可夫？"

说实话，辛可夫还从来没真正想过这件事。"老师，我不知道。"

"相信我，那还真是不容易。像我的姓氏第一个字母是 Y（Yalowitz，亚洛维兹），就总是坐在最后面，不管什么事都排在最后一个。好像注定要依照字母顺序，被排在最后面似的。辛可夫，这件事你怎么看呢？"

辛可夫不知道该怎么看这件事，就直接说不知道。而班上其他同学则在思考这件事情，心想：原来四年级就是这样。不知是因为又升了一年级，还是因为这位男老师粗犷的说话方式，但是他们喜欢这种感觉，开始觉得自己好像长大了。

老师特地问："辛可夫，你想不想体验坐在第一排的生活啊？"

辛可夫惊讶地睁大了眼。

老师郑重地向他招手："过来啊，小子！"

辛可夫一边大叫"哟嗬！"一边跑向前去。

待老师重新安排妥当后，辛可夫变成坐在最前面位子上的人，而坐在最后面角落边疆的，变成是瑞秋·阿巴诺（Abano）。跟辛可夫一起坐在第一排的，都是以前因为姓氏字母排在后面，而被迫坐在后面的四位同学，一个 W、一个 V，还有两个 T 开头的。

多亏了亚洛维兹老师，他是第一个发现辛可夫就是辛可夫的人。不像辛可夫二、三年级的老师，这个老师好像还挺喜欢他的。他不断地提出让辛可夫对自己耳目一新的论点。举例来说，这个礼拜的每一天早上，他都会在辛可夫进教室时宣布："Z 应该排在第一个！"

有一天，当老师早上七点半到学校时，他发现辛可夫独自一个人在操场上溜滑梯。他开玩笑地对辛可夫大叫道："孩子，恐怕你连自己的葬礼都会早到！"

跟其他的老师一样，亚洛维兹先生也注意到辛可夫惨不忍睹的字迹。"辛大师，当你在纸上动笔时，难以用言语形容的事情就会发生。"他是这么说的，但不同于其他老师的是，他是笑着说的，而且还会加上一句："感谢老天爷，我们还有键盘！"

亚洛维兹先生对于黑板是很讲究的，他每个星期五会准时在下午两点半洗黑板。所以他在储存书本和文具的柜子里，放了一个水桶和一块海绵。

在十一月一个星期五的下午，亚洛维兹先生有事被叫离教室。他回来的时候早就过了两点半了，而辛可夫正站在椅子上，手里拿着湿海绵擦洗着黑板的最上方。

亚洛维兹先生咯咯笑着说："你真是个自主自觉的小家伙，不是吗？"

辛可夫不确定老师的话是评论还是问句，也不甚了解这句话的意思。但是他喜欢这句话的音调，也认为不论它是什么意思，都应该是句好话。所以他低头看着老师，满脸笑容地回答："是的，长官！"

老师轻松地看着他的学生完成清洗工作，当辛可夫回到他的座位时，全班都鼓起掌来，甚至还有人吹起了口哨。

安排辛可夫坐在前面，加上老师对他的正面肯定评论，都使辛可夫成为注目的焦点。亚洛维兹先生不自觉地促使其他同学迅速发现了他。还有另一样东西也促成了这一发现，那就是：新眼光。

在三年级结束前，大部分同学的乳牙都脱落了，开始换上了恒牙。到了四年级的时候，眼睛也发生了类似的变化，当然婴儿时的眼睛并不会脱落，也不会有眼仙子放二十五分钱在枕头底下，但是新的眼睛就是会出现——大小孩的眼睛取代了小小孩的眼睛。

小小孩的眼睛看到什么都照单全收，不会提出问题。大小孩的眼睛就很挑剔。他们会注意到小小孩不会注意到的事情：像是老师擤鼻子的方式，某个小孩的穿着或某个字的发音方式。

班上二十七位同学现在用大小孩的眼光看着辛可夫，突然之间他们看见一些以前从未看到的东西。辛可夫一直都很笨拙，但他们现在才注意到。辛可夫一直都邋里邋遢、太早到校、咯咯傻笑、反应迟钝、老是写错答案，但他们现在才注意到。他们注意到他衬衫上的星星，他惨不忍睹的头发和走路的样子，还有他不管什么事都抢着要做的驴样。他们全都注意到了，甚至于连他右耳垂下方脖子上有一块硬币大小的胎记都注意到了。它已经在那里十年了，但直到现在他们才发现，还瞪着眼问："那是什么？"

当老师发成绩单时，他们会从辛可夫的身后偷看，发现他从来都没有拿过优。当音乐老师来示范演奏各种乐器，并发报名表格让他们挑选学哪一种乐器，和是否参加管弦乐队时，他们偷看到这傻蛋竟然八种乐器全都报了名。

跟他一起在学校管弦乐队练习的同学，都注意到他被老师分配去打大鼓。他们注意到每次他击鼓时，不是快了三拍就是慢了三拍，他们会缩起脖子转动他们的大小孩眼珠，你看看我我看看你，还气呼呼地板着脸看向老师，似乎在说：想想办法吧。

老师的确采取了行动，让辛可夫去吹横笛，那是最不具杀伤力的乐器。但他仍然会不时打乱节奏，在竖笛和小提琴之间漫游着。管弦乐队的孩子告诉其他的同学，他们又去告诉各自的父母，所以在那年春天合唱团与管弦乐队的演唱会上，几乎每一个观众都竖着一只耳朵，等着听辛可夫的横笛跑调。

但没有什么能比那年六月初户外运动日所发生的事情，更让辛可夫引人注目的了。

十六
户外运动日

　　户外运动日是赛特菲小学多年以来的一项传统。它是充满欢乐的一天，是庆祝春天的到来，让学生们到户外参与各项运动的一天。

　　户外运动日对小小孩——像是一、二、三年级的学生来说，仍然是欢乐有趣的一天。但是对四、五年级的大小孩来说，就不再那么有趣，而是关乎输赢的事了。

　　小小孩参加的是专门为他们设计的活动：滚大球，踢枕头，投篮球，踩气球。大小孩参加的是比赛，十种比赛都是接力赛，有跳布袋、倒行赛跑、单脚跳和逆向蹲行。前面九项比赛都有点儿搞笑和搞怪，最后一项就是单纯的跑步。对于大孩子来说，只有最后一项才是真正的比赛。

每个班被分成四队——每个年级共有八队，每个队各自有一个代表颜色。比赛在同年级中进行。

亚洛维兹先生是他们班的教练，他从家里带来染了颜色的头带，他的班级分成四队，紫、红、绿、黄四个队。辛可夫是紫队的。

在比赛前，亚洛维兹先生召集学生们围成一圈说："我支持你们所有人，不论红、绿、紫、黄。你们是最棒的。"孩子们都笑了。因为他总是告诉学生，他们比其他四年级班级优秀，其他四年级生和他们的老师赛若塔太太都很差劲。"今天让我们把他们修理得屁滚尿流！"

他们把手叠在一起，然后迅速由教室四散开来，一边跑一边尖叫着通过走廊，跑进五月的艳阳天里。

紫队有七个队员。其中最具运动细胞的，是一个名叫盖瑞·贺宾的男孩。贺宾个子高腿又长，他不单单是紫队跑得最快的，还可能是全四年级跑得最快的。他也是那种爱当头头的小孩，当他说"我要在每项比赛里都跑第一棒"时，紫队队员没有人反对，但教练亚洛维兹先生说："没有人可以参加所有比赛，你们要轮流跑，让每一个人都有机会。"

于是，每一个人都有了比赛的机会，但是辛可夫比其他人少了点儿机会。他在参加逆向蹲行，一种蹲坐着逆向前进——或被其他小孩称为"醉蟹"的比赛里——跑第二棒，一下子就被其他七队甩在后面。但是尤兰达·派瑞和盖瑞·贺宾是最后的两棒，他们惊险地以些微之差，带领紫队获得令人振奋的胜利。

但是在单脚跳这个比赛项目里，即使是贺宾如此令人不可思议的最后一棒，也不足以弥补辛可夫落后的距离。辛可夫连两条腿都不一定站得直，所以看到他歪歪斜斜、摇摇欲坠、举步维艰、跌跌撞撞的窘态，一旁的观众不禁爆出一阵阵大笑和倒彩声。

然而在进入最后一个比赛项目时，紫队的总积分是四年级所有队伍中最高的。他们只要最后一项比赛不跑最后一名，就能赢得总冠军。很自然地，紫队的其他六个人，都不愿意让辛可夫参与最后一项比赛。而盖瑞·贺宾会负责跑最重要的一棒，就是最后一棒——压轴的一棒——他将会带领紫队走向胜利。

但是教练有不同的想法。

"辛可夫跑最后一棒。"他召集七位紫队成员宣布道。

每个人都转头瞪着辛可夫，他老兄正在跳上跳下进行热身运动。

盖瑞·贺宾首先发难，叫嚷起来："什么？"

"你跑第三棒，"教练这么交代，"你要尽量拉开距离。"他说完就跑去指导红队、绿队和黄队了。

其他六位紫队队员全都狠狠盯着辛可夫。盖瑞·贺宾握起拳头，举到辛可夫的脸不到一寸的地方，威胁着："我会给你赢得前所未有的领先程度，你最好别搞砸。"

"我不会搞砸的，"辛可夫这么回答，"我总是将实力保留到最后。"

但这根本就不是真的，只是辛可夫的想象罢了，但是这会儿这么说好像挺中听的。

大队接力赛是要跑过整个操场，穿过黄土和草地。四年级八个队的第一棒，在溜滑梯处一字排开，等待校长一声令下就起跑。第二棒蹲在远方的另一端，等第一棒拍到他的背才能起步。

在第一次交棒时，紫队是第二名。当第二棒碰到贺宾时，紫队已经领先五码[1]了。贺宾从蹲伏的起跑姿势一跃而出，扬起的黄土就像黄色龙卷风一样。他说得一点儿也不假，贺宾给了辛可夫当天最大的领先程度。当他拍到辛可夫的背时，其他的选手只跑了一半的路程而已。"跑！"贺宾大叫一声，

---

[1] 1 码约为 0.9 米。

辛可夫马上起跑了。

辛可夫的双腿扬起尘土，双臂摆动得就像他妈妈的搅拌器。他紧绷的脸因用力而扭曲，但是不知道为什么，他好像没跑多远。当其他队的最后一棒起跑时，他才跑出不到十码。"跑啊！你快跑啊！"贺宾在他身后大吼着，按捺不住地跟在辛可夫后面跑，对着他的耳朵大叫，"跑啊，你这只笨乌龟！快跑啊！"

辛可夫跑啊跑，头带在他脑后拍打着，就像是只紫色的小尾巴，但是当其他人都已经冲过终点时，他依然远远落在后面。最终辛可夫跑了最后一名。紫队最晚抵达终点，因而痛失冠军。

紫队队员扯下头带，将它用力扔到地上，再狠狠踩进黄色的泥土里。辛可夫弯着腰喘着粗气，试着恢复正常呼吸。贺宾走向他把泥土踢到他的运动鞋上，辛可夫抬眼看着他。贺宾冷笑着说："你是个废物，没用的废物。"

紫队的其他队员也跟着落井下石。

"对啊，你没有一样行的，你为什么还要来搅和啊。"

"对啊，你早上干吗要起床啊？"

"他可能连起床都会搞砸！"

一位紫队队友挥舞着拳头说："我们本来可以赢得奖牌的！"

他们站成一排从他身边走过，有的小声、有的大声地对他说出那个词，每一个人都说得一清二楚。

"废物。"

"废物。"

"废物。"

"废物。"

"废物。"

辛可夫希望父母今天晚餐时，不会问他户外运动日的事。但他们还是问了："今天怎么样啊？"

"什么怎么样啊？"他回问。

"户外运动日啊。"

"噢，还好吧。"他试着装出那不值得一提的样子，心里祷告着千万别问谁赢了。

他们没问输赢，却问"好玩吗？""你最喜欢的项目是什么？"还有"你有没有搞得一身大汗？"

当波莉突然冒出"你赢了吗？"这句话之前，他以为自己已经过关了。

他对她吼："没有！可以吗？"

接着每个人都停下来瞪着他，他哭着跑离餐桌。他有点儿希望爸爸会跟着他到房间，但他爸爸并没有这么做，而是对着楼上他的房间叫道："嘿，要不要出去兜兜风？"辛可夫常常要求坐车去兜风，而他爸爸总是说，除非要去一个特定的地方，不然就是浪费汽油。

辛可夫不用他爸爸问第二次，就飞也似的冲下楼，搭着破车六号出门了。一路上他们父子俩稍微聊了一下，但大部分是他爸爸对着震动不停的仪表盘说话："放轻松点儿，宝贝车……那没什么大不了的……我就在这里陪你……"其余的就是漫无目的地闲逛，浪费掉大量的汽油。

一直到当晚上床后，辛可夫仍然可以感觉到，那部破车里的震动与摇晃，和它所传达出来清晰而明确的无声讯息——就算自己输掉一千次比赛，爸爸也绝对不会放弃自己。他知道如果自己裂开一条缝，或是垫圈脱落，他爸爸总是会在那里，拿着胶带与口香糖把他给黏起来。还有不论他如何地摇晃和发出巨响，他永远都是他爸爸的宝贝车，绝对不是破车。

十七
时钟说的话

赛特菲小学最高的年级就是五年级,所以五年级生统治了这个学校。当其他学生看五年级生的时候,他们看到的就是比较大比较棒的学生,知道得比较多,吃得比较多,画得比较好,唱得比较好,扔得比较远,跑得比较快。总是排在排头,在饮水机前喝水喝得最久,甚至讲话和笑得都比较大声。

如果熬过了前四年,五年级就是你的奖励。你的回报有许多形式，有些甚至是无形的，可以是那种你站在低年级生前面的优越感，那种不需言语但你就是最重要的感觉。五年级是活着真棒的美好时光。

所有的这些感觉在开学后回到学校时，辛可夫都一一感受到了，他爱死这种感觉了。他真爱当五年级生。

但还有其他的东西也在那儿。它在滋长了一整个暑假以后，已经在操场的黄土地里生根，蔓延入侵到学校的建筑物里面了，数量也呈倍数增长。辛可夫的同班同学在九月开学回到学校时，不仅带着新文具，而且也把它一起带来了。

那是一个词，是辛可夫的新称呼，当然它不会写在点名册上。

很少有人会当着他的面说出他的新称呼，通常是在一阵窃笑或咳嗽以后才偷偷说出来。但它来自四面八方，随处都听得到，辛可夫有时候会感觉有人在叫他，但那名字不是他所熟悉的自己的名字，所以他并没有回头。

然后有一天，也没什么特别的理由，又听到有人叫这个名字时，他回头了。但是根本没有人在看他，所以他想一定是自己搞错了。然而那声音不断响起，所以他一次次地回头，但还是没有人在看他，好像也没人张嘴说过话，仿佛这声音来自于墙壁和墙上的时钟，来自于天花板上的灯。

废物

发现和重新命名辛可夫，对全体学生来说是一大便利。辛可夫已经被盖棺论定了，从现在开始，不论他做什么，都会被丢进同一个标着"废物"的麻袋里。他潦草的字迹和图画、他跑调的横笛吹奏、他平庸的成绩、他的笨拙、他的胎记——所有这些都被视为他在户外运动日表现的延伸。每一件事情都被视为一项失败，就好像他每天要输掉一百次比赛。

但除了时钟发出的声音，辛可夫对这些浑然不觉。他忙着思考自己的事，没时间去注意别人在想什么。他正在忙着长大，忙着长见识。

在刚升上五年级时，辛可夫就已经不再相信一大堆东西了：像是牙仙子、兔子脚、会说话的恐龙、月亮上的人、独角兽、小精灵、飞龙、人行道的裂缝。虽然他还是很怕黑暗的地下室，但是他已经不相信有火炉怪了。这些想法都离他而去，他不需测量就能感觉出自己长高了。

他不再把纸星星贴在衬衫上，虽然他仍然接受这些祝贺。他把小小孩的咯咯笑换成大小孩的大笑，他还在自己的卧室里练习大笑——这让波莉觉得很困扰，因为她老是会认为，自己是不是错过什么好笑的事情了。他也不再叫"哟嘀!"（但是他仍然想当邮递员，每晚也仍然会祈祷。）他也会承认自己睡着了。

他试着长大从而摆脱笨手笨脚，但是没能成功。他的字迹依然惨不忍睹，但那是对其他人而言，他自己并不这么觉得，所以他也不担心这个。

某个星期六，他妈妈要办个院子拍卖会，问他可不可以卖掉他的那些波莉不玩的旧玩具。他说："没问题啊。"当妈妈挑出他的旧长颈鹿帽子时，心想：他会让我卖这个吗？他看着帽子，好几年不见，它已经褪色而且起了毛球，当年真不知是不是鬼迷了心窍，会让他把这顶傻帽子戴在头上？"这个没问题啊。"他这么说，同时觉得自己瞬间又长高了半寸。

他爱长大，爱那种自己占有更多世界空间的感觉。

他现在获准前往离家更远的地方。他有一辆单车，是在院子拍卖会上买的二手货，它本身也有些嘎嘎作响，这让他想起了爸爸的车，所以他称它为"小破车一号"。但是他爱这辆单车，他可以骑着它到镇里的任何地方，只要他在人行道上骑，而且过马路时推着走。有的时候他会遵守规则，但有的时候并不会。

他最喜欢去的地方就是柳树街九百巷，那是他七岁时在辛可夫工作日当邮递员送信的地方。等待者还站在窗后，眺望着远处的街道。他的耳朵两旁的头发更长了，头顶却更秃

了。思考等待者这件事，辛可夫肯定还没有大到对此不上心的程度。有的时候他会把单车停在远处，然后再从街道上走过来，这样等待者就能够面对面看到他。但即使如此，等待者似乎仍然没看到他。有的时候辛可夫会站在窗户下面，希望等待者至少会转过头，但是他从来不曾转过头来。

等待者如此的专注与无尽的耐心，让辛可夫有些期待那位在战斗中失踪的哥哥哪天会复活突然出现在人行道上。事实上他梦到过两次，一个军人扛着来复枪向他走来。那军人越久不出现，他就越为那在窗后等待的兄弟感到难过。他无法相信，世上竟然会有如此漫长而没有结果的等待与期望。

有几次他因为太过激动，曾经想自己穿上迷彩军装，套上靴子，再去找一把老来复枪或是气枪，然后以这副装扮走上柳树街——只为了给这老人片刻的快乐。但他随即想到这样反而更残忍，就放弃了这个念头。

有时候当辛可夫踩着单车经过九百巷时，那扶着助行器的老太太站在门前台阶上，一看到他就会大叫："邮递员先生！邮递员先生！"几次以后，他就总记得给她带封信，也就只是张写了句："嗨，你好吗？"或者"希望你一切安好。"的小纸条。他现在长大了点儿，所以写的信也不全是些胡说八道的话了。

现在那里还有个新面孔，是个小女孩。她棕色的头发总是用黄色的发带在脑后扎成小马尾。显然她才刚学会走路，因为她每跨出一步都是歪歪斜斜的，两个圆滚滚的小膝盖还直打颤。但她也绝对走不远，因为有条带子系着她。

这条带子是一根晒衣绳，一端固定在一件护具上，像是夹克般穿在小女孩身上。另一端有时候绑在一支老旧的木杆上，有时候就握在这小女孩妈妈的手心里。在天气暖和的时候，小女孩的妈妈会坐在门前台阶上看书。

"我从来没见过有人被栓在绳上。"有一天，出于好奇，辛可夫连人带车停在路边对小女孩的妈妈说道。他那时心里在想自己如果被栓在绳上，不知道会恨成什么样子。

小女孩的妈妈从书本中抬起眼，对他微笑说："我也没见过，我以前住在农场里，我妈妈只需要担心我不被小鸡撞到就好了。"

辛可夫笑了出来，又问："她喜欢被栓着吗？"

小女孩的妈妈看着自己的女儿说："我还不认为她会喜欢或不喜欢。不管怎么说，这对她来说就是目前的生活方式。首先你是爬，然后栓在绳上走，如果她开始抱怨的话，我想我们母女俩就得聊聊了。"

"她会说话？"辛可夫又问。

小女孩的妈妈也笑了出来："大概会说三个字吧。所以到目前为止我总是能辩赢她。"

从此以后，只要看到她们在外面，辛可夫就会停车过去打招呼，他打听到小女孩的名字叫克劳蒂亚。不久之后，克劳蒂亚开始认得他了，会摇摇晃晃地走出来到路边迎接他，那也是她身上绳子长度的极限。她似乎是个乐于给予的小孩，每次都会从排水沟里捡起些东西——像是石头、嚼过的口香糖——总归是些脏东西，然后递给他。她妈妈每次都会骂她，但辛可夫为了表示礼貌，总会一本正经地对克劳蒂亚说："谢谢你。"然后把礼物放进口袋里。

不去九百巷时，他通常会骑去半桶丘。半桶丘在公园里，它最棒的地方，就是那陡得邪乎的长草坡地，好像在命令你：从我上面冲下来啊！他也真会这么做，全镇的小孩一年四季都会这么做。他们会滑下来，跑下来，滚下来，跌下来，骑单车和骑三轮车冲下来，穿直排轮滑鞋滑下来，溜滑板下来，还有坐在垃圾桶盖上滑下来。

辛可夫小时候在路边追逐汽车时，曾经以为自己是世界上跑得最快的小孩。现在他知道那不是真的，半桶丘就变得对他更有吸引力了。

有时候他会直接跑下去，因为只有这种方式让他有特别不一样的感觉，虽然只是短暂的瞬间。在跑到一半的时候，他会觉得自己失去了控制，双脚跟不上身体的速度。他感觉自己好像要分成两部分，超越自己，把自己甩在脑后。

有时候他会骑单车冲下来，将前轮瞄准长草坡地的顶端，随后便往下冲去，在那几秒钟里没有人能说，他不是宇宙里最快的物体。还有虽然他现在已经长大，不适合再叫"哟嗬"了，但管他的，他还是叫了："哟嗬！"他每次去都会发现一个事实，那就是在半桶丘没有人是缓慢的。那里没有时钟。

有的时候，他并没有想骑去特定的地方。有的时候，他并不想骑得太快，就只是想骑车而已。这时他会将小破车一号骑进巷子里，那里只有猫狗和小孩在溜达，没有汽车，可以说是单车专用道。他就只是骑车，能骑车就足够了。

所以辛可夫的五年级生活，充满了新鲜、有趣、棒棒的事物。直到那次不算考试的考试前，他从来不觉得自己少了什么或是错过了什么。

十八
最要好的朋友

　　那不是学校课业的考试，没有什么好复习准备的，没有任何预警。在五年级的某一天，老师圣克菲德太太直接发下来一本蓝皮的小册子。贝瑞·彼得生问："这是考试吗？"老师说这不是考试，而是用一个听起来冠冕堂皇的字眼称呼它。但是辛可夫看着它，只见上面既列有问题，又有小括号让你填入答案，这不是考试是什么。

　　辛可夫在学校考过其他的试，都会与某些科目有关：像是算数、地理和拼写。但是这项考试好像跟他自己有关。他对这个有什么想法？他为什么要那么做？这些东西他比较喜欢哪一个？

做到一半时，辛可夫不得不承认，这几乎是第一个令他觉得有趣的考试，也是另一个令他自觉长大的五年级事件。大部分的答案不用想他就知道，直到倒数第二页的问题难倒了他：

谁是你最要好的朋友？

这一题跟其他的大部分问题不一样，不是选择题，而是填空题，需要在划线部分填上名字。

如果这是在二年级的时候，那他会填上安德鲁·奥韦尔的名字。但他的邻居安德鲁已经搬走很久了，想不到有谁能够代替他。

辛可夫当然有些朋友，像是一起玩弹珠的巴奇·蒙那斯崔。彼得·葛力乐——班上第二粗心的同学。还有凯蒂·史奈尔森，她每次看到辛可夫都会对他笑。但这些人都只是朋友，不是最要好的朋友。

他知道什么是最要好的朋友，他随处都可以看得到。像是博特·欧尼尔和乔治·昂德科夫勒，或是依莲·戴布尼和朗妮荷·汤普森。最要好的朋友总是混在一起，总是在一起说悄悄话，一起说笑打闹；总是去对方的家里玩，一起吃晚餐，在对方家里过夜。就像彼此被对方的父母认养了，用铁橇也没办法把他们撬开。

辛可夫没有这种朋友，大多数的时候他也没想过这回事，不过偶尔还是会想起。他想知道那是种什么感觉，自己跟另一个孩子亲密到你可以走进他家的厨房里，而他妈妈已经习以为常到连看都不看，就说："你迟到了，先洗手再坐下来吃晚餐。"这种感觉似乎挺不错的，如此想来，他有时候挺遗憾自己没有最要好的朋友。但是他又想到自己还有爸爸妈妈和波莉，跟柳树街九百巷的人比起来，他算是挺不错的。

直到他碰到这个问题——谁是你最要好的朋友？——那段空白线似乎在对他说：如果你没有，最好赶快找一个。

他跳过这一题先完成其他部分。然后再回到这一题，时间一分一秒地过去，圣克菲德太太很快就会喊"停笔"。

最要好的朋友……最要好的朋友……

"还剩一分钟。"圣克菲德太太说，她通常是不会给任何警告的。

他慌张起来，环顾教室四周，如果被老师认为他在作弊就太衰了。他的目光落在海克特·宾恩的考卷上，他坐在遥远的第一排，正耸着肩低着头专心地写着试卷。

海克特·宾恩自一年级起就跟辛可夫同班，所以辛可夫当然认识他。这许多年来，他们难免会在饮水机喝水时或是在玩攀爬架的时候碰到。但是海克特·宾恩的姓氏是B开头的，所以一向和辛可夫坐得很远，因此辛可夫对他的了解，最多只能说是片断而零星的。总的来说，他知道：海克特·宾恩戴眼镜、跟自己差不多高、喜欢黑甘草棒，还有老是用回形针挖耳朵。而此刻，他又想到一点：就自己所知，海克特·宾恩也没有要好的朋友，所以应该可以充当自己最要好的朋友。

"停笔！"他飞快地填上海克特·宾恩的名字，但是姓跟名都各写错了一个字。

他几乎等不及下课，就急着去找海克特·宾恩，结果在单车架旁找到了他，他正在用回形针掏耳朵。

"嗨，海克特，你在干什么？"他试着搭讪。

"啥？"海克特·宾恩回问一声，辛可夫只好再说一遍："你在干什么？"但是海克特似乎没听到。也许回形针在耳朵里使他的听力变差了，除此之外他倒是没什么不友善，所以辛可夫仍站在那里。

宾恩挖耳朵时挺带劲儿的，那是辛可夫以前没有注意到的。他又挖又刮的，也不知是痛得还是舒服得挤眉弄眼。他还会把回形针拉出来检查，就辛可夫看来那还算干净。宾恩又把它插进另一只耳朵里。又挖又刮，挤眉弄眼。这一次回形针被拉出来时，末端黏着一小块橘色的耳垢。

宾恩从口袋里拿出一个棕色的小塑料瓶，就是那种装药丸用的。他把瓶子凑到嘴巴旁边，辛可夫还以为他要把瓶子吞下去，但他只是用牙齿把瓶盖掀开而已。他将回形针在瓶口轻敲几下，那块耳垢便掉了下去。辛可夫还注意到那瓶子已经半满了，宾恩随即把药瓶和回形针都放回口袋里，直到这时他才注意到辛可夫。

那最明显不过的问题已经到了辛可夫的嘴边，但他硬是把它给吞了回去，改问："嗯，你刚才写的谁是你最好的朋友？"

宾恩从另一个口袋掏出一袋黑甘草棒，扯下半截就开始嚼了起来。"没有谁。"他回答。

"真的吗？你空下来没写？可以这样子吗？"辛可夫一连串地问。

宾恩摇摇头，除了一开始的时候，他的眼神从未与辛可夫交会过。他好像总是眺望着远方："我写的是'没有谁'这几个字。"

"噢，"辛可夫点头，心想他明白了，"没有谁，好。"

宾恩把剩下的甘草棒塞进嘴里，然后把那一袋甘草棒放回口袋里，接着说："'无名小卒'是我养的蜥蜴。"

辛可夫盯着那双眺望远方的眼睛，突然间他搞懂了："噢！原来你有一只叫做'无名小卒'的蜥蜴。"（nobody 可解为"没有谁"或"无名小卒"。）

宾恩眨了眨眼，辛可夫把它当成是点头。

"你把它当做你最要好的朋友。"

宾恩又眨了眨眼。

"好吧，我懂了。"

海克特·宾恩收集耳屎，还有一只叫做无名小卒的蜥蜴，它还是他最要好的朋友。此时看来，辛可夫先前的选择似乎还不错。

"你知道我写的谁吗？"辛可夫问。

"不知道。"宾恩回答。

"你啊！"辛可夫说。

宾恩眨了眨眼，他的目光由远方拉回，在辛可夫的脸上游移。"啥？"他茫然地应一声。

辛可夫咧嘴笑着答道："对啊，我写了你的名字。"

宾恩的眼皮眨得像要起飞一般："我？为什么？"

"因为我总得写下某个人的名字，而我当时想到了你。"

"但我并不是你最要好的朋友啊。"

"我知道，而我也不是你最要好的朋友，但是我想也许我们可以成为彼此的好朋友，我的意思是说，既然我已经写了你的名字。"

海克特·宾恩没有回应，目光又飘向了远方。

辛可夫并不知道谈判这个字眼，但那就是他正在做的事。他尝试以什么东西作为诱饵。"我会做好吃的什锦口味饼干！"他脱口而出。

宾恩左边的脸颊因为嚼甘草团而鼓起。他露出牙齿时，是黑漆漆一片，就像卡通影片里一样。作为一个五年级生，辛可夫很清楚什么是装酷，所以他也试着让自己酷一些，于是他交叉双脚，把拇指插进腰带里，目光眺望着远方，耸着肩问道："那你怎么想？"试图想说："你要或不要，我是无所谓的。"

宾恩吸吸鼻子，把头转向一边，嘴角一努，随即往地上吐了一团黑色的甘草汁。最后他终于开口说话了，并解答了辛可夫忍住没问出口的问题："我想的是，当我收集到足够多的耳屎以后，要用它做一根蜡烛。"

哇！一根耳屎蜡烛！辛可夫敢打赌，宾恩还没有跟班上任何人分享过这令人震惊的想法。

上课钟声响起，两个人肩并肩快步走到教室门口。"放学后见啰？"辛可夫说。

宾恩回应："也许吧。"

十九
他手里的糖果

当天晚餐时，辛可夫在餐桌上若无其事地说："我这几天会去拜访我的好朋友。"就好像那是每天都会发生的事一样，希望他父母会上钩然后问谁是他的好朋友。

他们的确上钩了。他妈妈翘起眉毛问道："哦？你的好朋友是谁啊？"

"海克特·宾恩啊。"他轻松地回答，他还挺喜欢这种语气的。

"他不是跟你同班吗？"

"对啊。他坐在前面几排，还喜欢嚼甘草。"

"喜欢嚼甘草啊？"他父亲问。

"对啊。"

"我恨甘草，"波莉接着说，"甘草有股怪味儿。"

"他还要做一根蜡烛。"他跟他们透露。

"那很好啊。"妈妈说。

"用他的耳屎。"

每一个人都停下来瞪着他。

"耳屎？"他妈妈问。

"好恶心！"波莉大叫。

"那可能吗？"他爸爸这么问。

辛可夫忽然感到与有荣焉，直视着爸爸的眼睛说："他正在这么做。"

几天后，他拜访了海克特·宾恩的家。他直接走进去，大大咧咧地坐进一张椅子里，因为那就是你在好朋友家该做的事：直接走进去，然后随意坐进椅子里。宾恩的妈妈发现他时，表情怪异地问："你是哪位？"但就在这时，宾恩走了进来，把他带到自己的房间去。

他们花了些时间见识宾恩的东西，他见到了那只名叫无名小卒的蜥蜴。接着宾恩叫他到门口稍等，然后就把门关上了，当他再度打开门时，手里拿着一瓶已经装满耳屎的棕色药罐。"这是第一罐，我一直藏着它。"

辛可夫不敢相信自己能够获准看到它，他感到很荣幸。

在骑单车回家的路上，辛可夫注意到路边一点一点的记号。那是黑甘草的吐渍，他不禁微笑了起来。

辛可夫决定要尽其所能地做一个最好最好的朋友。

有一天，贝瑞·彼得生叫宾恩"海客"，辛可夫知道宾恩最讨厌别人这样叫他，所以他对彼得生说："嘿，那不是他的名字，他的名字叫海克特。"因为这就是你该做的事，为你最要好的朋友挺身而出。

还有辛可夫会跟他一起吃午餐、跟他聊天和分享秘密、一起大笑、一起出去玩、一起做事情。此外，就是每天早上醒来的时候，第一个想到的人就是他。

这些辛可夫统统都做了，甚至还做了更多。他也开始嚼黑甘草，假装自己是在嚼烟草。他走来走去，鼓着脸颊含着满满一口甘草，还想假装吐烟草汁，但是很快就被他妈妈制止了。

宾恩可能是除等待者以外，他所认识的最有趣的一个人。辛可夫决定自己也必须变得有趣。差不多就在那个时候，他在口袋里发现了一块硬掉的口香糖，那是克劳蒂亚送给他的礼物，那位栓着绳子的小女孩。它看起来像一块粉红色的石头。他将它视为自己的幸运石，会随身携带并在需要好运的时候用手摩擦它。这么一来，他觉得自己更有趣了。

在最佳友谊建立约一周后，辛可夫问他妈妈可不可以邀宾恩来家里过夜，她说没问题。辛可夫兴奋地跑去打电话给宾恩，他却只说了句："大概可以吧。"宾恩从来都不会干脆地说："好。"他总是说"大概吧"或"也许吧"。

但留下来过夜大有问题。原来宾恩睡着后会乱踢乱滚，根本就像个床上的推土机。第一次辛可夫因重重地摔在地板上而醒了过来，他爬回床上才刚要睡着就又来了一次。在摔了三次以后，他只得从衣橱里拿出多余的毯子去睡地板。

那晚以后，除了床，辛可夫尽其所能地跟他最要好的朋友分享一切：像是牛皮纸袋里的午餐（他已经长大不带午餐盒了）、口袋里的零用钱、手里的糖果，还有能让自己咯咯笑的笑话。辛可夫还与他分享柳树街九百巷的秘密，把他介绍给克劳蒂亚——那拴绳的小女孩。他们也一起推着单车走过等待者的家，那一天扶着助行器的老太太没站在门前。因此接下来几天，辛可夫一直在问宾恩要不要再一起过去，因为他想要让宾恩亲耳听见老太太叫他"嗨！邮递员先生"，但是宾恩一直说："我想还是不要了。"

还有一件事是辛可夫特别想要与宾恩分享的。他忍了一周又一周，直到他再也忍不了，才把它交给了宾恩。就在一天下午放学后，辛可夫递给他一个牛皮纸袋，里面是一个薄荷糖小铁盒，那是辛可夫在街上捡到的。宾恩打开糖盒，看得双眼发直。

"那是什么？"他问。

辛可夫兴冲冲地说："蜡啊。"

宾恩先盯着锡盒里的东西看，然后又盯着辛可夫看，他所做的就只有瞪着眼看。

"那是我的，"辛可夫说，"从我自己耳朵里挖出来的耳垢。是我特别存起来的，我知道这并不多，但我等不及了。我想你可以把它加进你自己的耳垢里，这样就可以快一点儿凑足做一根蜡烛的量。"他没有跟宾恩说的是，他还想要波莉贡献耳垢，但是被她拒绝了。

宾恩又看向远方，折了一根甘草棒塞进嘴里。他缓缓盖上糖盒的盒盖，把它递给辛可夫说："我想还是不要了吧。"

辛可夫耸耸肩："好吧。"他能够理解，当一个人想要做一根耳垢蜡烛时，他会希望所有的材料都来自于自己的耳朵。辛可夫思量着，也许他应该做一根自己的蜡烛，这也许能充当科学作业。

然后就没有然后了。

二十
无处可去

　　到底是什么时候结束的呢？

　　辛可夫一连好几个星期都没搞清楚。他只是隐约感觉到一些事情，隐约感觉到随着时间的流逝，他跟宾恩见面的时间越来越少。他骑车到宾恩家，宾恩却不在家。他打电话去，宾恩又说他有功课要做。不论问宾恩什么，他都回答说："应该不行。"即使在电话里，宾恩也似乎在耸着肩眺望远方。

　　然后在一个温暖春日的上学途中，辛可夫在人行道上看到一大摊甘草渍，那让他感到有些悲伤与失落，一如他所知道的：这一切都已经结束了。

　　但又有新的新鲜事要开始了。

　　在那个温暖的春日，有些事情发生在辛可夫的身上。他得了一个优，他几乎从来没有得过优，至少大考时没有得过。但这一次是地理大考，是他最喜爱的课目。而他不知怎么得了个优，事实上这还是全班唯一的优呢——一个由圣克菲太太亲自宣布的事实，同时她还将试卷高高举起，好让全班看个清楚。

　　辛可夫得到他生平第一次喝彩。有几个孩子站了起来，贝瑞·海恩斯甚至还吹起了口哨，虽然他炫耀自己口技的成分多过为辛可夫喝彩。一整天各种祝贺持续涌来，像是拍拍背啦，开玩笑地在他手臂打上一拳或故意弄乱他的头发。他不禁认为这一切之所以会发生，是因为他在考试前摩擦了他的粉红口香糖幸运石。

　　在操场上，大家都想要看这块幸运石。他们把它从辛可夫的手中抢走，然后在脸上、胸口、腋下摩擦着，好像把它当作浴巾，打上"优"浴液，发出"啊"的声音。所有人都笑了，辛可夫是笑得最大声的一个。

　　就像是羽毛华丽的鸟儿，他的名字在校园里以各种新的称呼飞翔着：

"辛客！"

"辛超人！"

"辛天才！"

"辛客帮！"

辛可夫从来没想过，这些小题大做可不单单是因为他得了一个优，他从来没想过这些最大声最爱炫的祝贺者，并不是真心恭喜他，只不过是在嘲讽他，瞎猫碰到死老鼠地蒙到一个可能是一辈子仅有的优。

辛可夫并没有看到这一层。

他所看到的只是，自己似乎获得了一种能让人快乐的力量。同学们只要一看到他，就会对他微笑眨眼。只要一发现他，男生就会猛地停下来，两腿微张好似跨坐在摩托车上，双手拔出一对手指枪瞄准他大叫道："他在那里！"

不断有人举起手要跟他击掌，还喊着："哟，辛客！"

一天晚上他来到餐桌旁，在椅子旁边站了好一会儿，接着用拳头捶打自己的胸口，宣布："偶素辛客（我是辛客）！"然后才坐了下来。

他的父母对看了一眼。

他的妹妹波莉问："你素（是）什么？"

接着这件事也过去了，就像是最要好的朋友一样，在他还没搞清楚以前就结束了。事实上，它从一开始就跟他想象的不一样。

有一天辛可夫注意到，除了凯蒂·史奈尔森和其他少数几个人，已经没有人对他微笑了，也没有人跟他击掌喊"哟——辛客"。他想了想这件事，觉得自己清楚原因何在。因为户外运动日快要到了，而五年级生是最重视户外运动日的。这就是辛可夫所认定的原因，他们只是将注意力由他身上转移到户外运动日。他听到了最后一声"哟——辛客"，也见到了最后一次微笑。他心想："好啊，没问题。"之后，也摆出酷脸一本正经地迎接户外运动日。

他把椅子搬到后院，练习抢椅子、单脚跳、倒退跳等比赛项目。他也会跑到人行道上，然后像小时候一样跟汽车赛跑，跑到街区尽头，让他惊讶的是现在的车子好像快多了。他还会跳上跳下地活动筋骨。

在学校里，盖瑞·贺宾再度成为众人注目的焦点，就和过去每年快到户外运动日时一样。离户外运动日还有两个礼拜时，贺宾就去找圣克菲太太，要求她现在就选出四队队员。"我们需要时间在一起练习。"他是这么说的。

所以圣克菲太太在黑板上写下：

红 黄 紫 绿

然后她把每一个学生的名字，分别写在一张张小纸条上，混在一个箱子里。

她叫朗妮荷·汤姆生到前面来，然后把头转向一边，从箱子里抽出一张纸条。第一个抽出来的名字归入红队，第二个抽出来的名字归入黄队，依此类推直到每一位学生都被归入某一队为止。

盖瑞·贺宾是黄队。

辛可夫也是。

"喔，不要！"贺宾在一看到辛可夫的名字放在自己的名字下面时，马上脱口而出。

老师从黑板前转过身，问道："有什么问题吗？"

"我们不能又在同一队，"贺宾说，"我们应该每一年都分在不同队，这样才公平。"

圣克菲太太皱着眉头说："别傻了，才没有这种规定呢。"

贺宾喘着气大吼一声："现在有了。"

十分钟后，辛可夫收到一张纸条，纸条上写着："忘了黄队，去加入别队。"

午餐时间在操场上，贺宾走向辛可夫说："你收到纸条了吗？"

"收到了，那是什么意思？"辛可夫问。

"意思就写在上面。你不是黄队的，去参加别的队。"

"但我是黄队的啊，是圣克菲太太说的。"

贺宾比辛可夫要高，他俯身向前狠狠盯着辛可夫，双眼都快要贴到辛可夫的眼睛上，辛可夫已经能闻到他呼吸里的热狗味。"你给我听着，"贺宾威胁道，"你别想再害我输一次。你不准待在我这一队，明白了吗？想都别想。"

这把辛可夫弄糊涂了，不到一个礼拜前，贺宾还和他击掌叫他"辛客"，现在却变成这样。

"但我一直在练习，"辛可夫解释，"我现在变棒了。"

贺宾笑着说："你是个废物，你只会输。去跟别人一起输吧，你不是黄队的。"他径自走开，又转过身来说："你甚至连路都走不好。"

辛可夫心里想说："但我得了个优！"但他知道说了也没什么差别。

每一队都有一个队长，贺宾当然是黄队的队长。在接下来的几天里，辛可夫向其他每一队的队长都询问过，他们是否需要一位新队员，但是每一队都说不需要。

辛可夫不知道该怎么办。

他想要跟圣克菲太太诉说自己的问题，让她帮忙解决处理，但是他想最好还是不要。

他觉得太丢脸而不愿意跟他的父母说，他不想承认没人愿意和自己同一队。

他只好摩擦他的粉红色口香糖幸运石，希望这能改变他的运气。

还有就是他持续练习，练得更努力也更久。户外运动日的前一天，他没回家吃晚餐，害他妈妈不得不派波莉出去找他，结果波莉发现他在两个街口外跟汽车赛跑。在他喘着气走回家的路上，听着波莉喋喋不休的念叨，他清楚地知道自己会怎么做。

第二天他像往常一样起床出门，却没有去学校。他拐向了另一个方向，他听到远处的上课钟声，想要跑向它却没有这么做。他在街上闲逛，看着自己的双脚，想看出来贺宾看到的是什么。

这小镇看似一样但又不一样。一样的是砖造的房屋和人行道，不一样的是少了小孩。他觉得自己生活的景象似乎倾斜了，他从未如此清楚地感受过四周的空气与空间，只有在他误闯进女生厕所时才有过这种感觉（他是自己所知唯一一个误闯过不只一次的人）。一个穿着花睡袍的女人，在对街的门前台阶上弯下腰捡报纸。一只黄色的猫从通风管里探出头，打量了他好一会儿又猛地缩了回去。

他又尝试在巷子里走，但那感觉更糟。他在哪儿都不快乐，他不知身在何处，他希望自己能在某个地方，希望自己能与人群在一起。但是他不能去学校，也不能回家。最终他还是走到了柳树街九百巷。

他走上人行道，看见等待者即使在一天之中这么奇怪的时候也还站在那里，这令他感到很安慰。他对等待者挥挥手，也渴望能得到响应，还突发奇想如果他跳个搞笑的舞蹈，不知道等待者会不会笑出来，但是他马上就退缩了。

克劳蒂亚，那个被绳栓着的小女孩，今天没出来。他想去敲门问："克劳蒂亚可以出来玩吗？"但是他已经十一岁了，那听起来不是很可笑吗？

"喂，邮递员先生！"

他转过身，看见那老太太倚着助行器站在对街，他连忙跑向她。看到她在这里，他高兴得想要拥抱她。

"嗨。"他向她打招呼。

"嗨。"她也回应一声。"嗨"从一个老太太的嘴里吐出来，听起来挺滑稽的。他有一种感觉，自己可以教她说话，像是教鹦鹉说话一样。她令他想起一只鸟，细细的腿露在浴袍外面。学校上课的早晨一定是她的浴袍时间。

"进来坐啊。"她对他说，好像知道他需要待在某个地方。她并没有说："你在这里做什么？现在是上课时间。"也没有说：

"最近怎么样啊？"或是"你的单车呢？"她就只是说："进来坐啊。"好像这事常常发生一样。

　　他便走了进去。

二十一
硬而多刺的东西

　　她花了很长的时间，才从门口走进客厅。"你可以帮忙关门。"她说，他听了便去关上了门。

　　屋里很黑，没有他家地下室那么黑，但是以住家来说算是黑的，里面没有开灯。"那么……"她说道，他等着她说下去，但那就是她全部的话："那么……"她重复说了几次，然后才穿过客厅。她先把四只脚的助行器挪到前面，再移动自己的双脚跟上。她总共有六只脚，却是世界上走得最慢的。

然后她又朝餐厅走去，"那么……"她走到客厅和餐厅所花的时间，跟他走到学校所花的时间差不多。

"那么……你喜欢什么？"

他喜欢什么？说实话，还真不多。撇开今天不说，他这一生过得还挺不错的。接着他突然想到他们是在厨房里——她是在问他喜欢吃什么。

"什锦口味的饼干？"他说，这是他第一个想到的东西。

她突然停了下来，他也跟在她后面停下来。她抬起头转向一侧说道："什锦口味的饼干？好多年没听过这个了。我妈妈以前会做什锦口味的饼干。"

他试着想象这位老太太还有一位母亲，但他想象不出来。"我妈妈也会做什锦口味的饼干。"他这么告诉她。

"不会吧，"她这么说，"现在已经没有人会做这个了。"

"也许吧，但是她会做。"他回说。

"不会做。"她坚定地说。

"会做。"他同样坚定地说道，感到有点儿不高兴。

她似乎在盯着餐桌的一条腿看，摇了摇头但没说什么。她扶着助行器往前移动，嘴里说着："可是，我没有什锦口味的饼干。"同时继续穿过厨房。"你得换个别的东西。"

别的东西，他想得出许多自己喜欢吃的东西，但他试着记住现在不是在餐厅里，也不是在自己家里。"三明治呢？"

他试探地问。

"三明治啊。"她小心翼翼地重复着他的话，令他不禁怀疑她知不知道什么是三明治。他从未如此靠近一个这么老的人，他怀疑这样的老人不知道的东西有很多。"三明治……三明治……"她一边重复着这句话，一边重新迈出冻结的步子穿过厨房。先着地发出笃笃声的，是套着橡胶垫的助行器后脚，接着是助行器的前脚，然后才是她自己脚上的拖鞋踩在亚麻地垫上所发出的嚓嚓声。"三明治啊……"

他跌坐进一张椅子里，快要因为她的慢吞吞而头昏眼花起来。

她停在一个铁柜子前面。"花生果酱三明治怎么样？"她问，"现在的小孩还喜欢吃花生果酱三明治吗？"

他早就已经不再吃花生果酱三明治了，他想要吃的是胡椒蛋三明治，就跟他妈妈做的一样，要加黄色的辣芥末。但他想这是不太可能的，只能说："好啊。"

她在柜子里乱找了一阵，又在冰箱里乱翻了一阵，终于找到了花生酱。"找不到果酱，"她说，"看来今天我们要假装吃果酱了。你觉得怎么样？"

他已经准备好同意任何事情了。"好啊。"他回答。

她动作很慢，每一个动作都从容不迫，使得他能够看到以前从未见到的东西。他不知道在一片面包上涂花生酱要分这么多步骤。难道这就是等待者看到的事物，一个慢动作的世界吗？

好像过了好几个小时，她才一手推着助行器，一手拿着装了三明治的盘子，朝餐桌走来。她把盘子放在桌上，掉头要去拿第二份三明治时，他赶紧跳起来说："我去拿！"

她把身体由助行器挪到椅子上，他们终于坐下来吃东西了。

"我假装夹的是醋栗果酱。"她说。她的头像白老鼠的颜色：白发底下是粉红色的头皮，眼皮也是粉红色的。她的眼睛水水的，但并没有流泪。"我们以前都在自己的农场里吃醋栗果酱。你的是什么果酱？"

"葡萄的。"他回答道。

"是果冻还是果酱？"她问道。

他顿了一下说道："我猜应该是果冻的。"

"果酱的比较容易涂开。"

"对喔，是果酱的。"

"你确定吗？我总认为果冻的吃起来会更有滋味。"

"是果冻的。"

那并没有什么差别。他已经很努力地假装了，但还是只尝到花生酱和面包的味道。

他很庆幸他们是在厨房里，那里不像房子里其他部分那么的黑暗。三明治的形状是他喜欢的三角形，感觉比较特别。不知不觉他就把三明治给吃光了，而老太太甚至还没开始吃呢，她吃东西跟走路一样慢。

她看看他，然后放下手中的三明治，吃力地伸长手去够助行器。"我再帮你做一个。"

"不用了，"说着他忙用手按住她的手腕，她的皮肤摸起来好像报纸，"我自己来。"

他站起来为自己又做了一份三明治。"别忘了涂果冻。"她侧过头叫着提醒他，他假装涂上果冻，然后沿着对角线把三明治切成三角形。

他试着吃得更慢一些。他们都没说话，他心想不知有什么可以喝的，但又不敢问。

"你认识等待者吗？"他开口说话了。

她侧着头吸吸鼻子，好像试图要抓住这个问题的完整气味。"等待者？"

"就是那个站在柳树街 924 号窗户后面的男人啊。"

她放下三明治好好想了想，但还是摇摇头："我不认识什么等待者。"

"他在那里等了很长、很长的一段时间。"他补充说道。

他希望她会问到底有多长。

她注视着他，眼睛闪着水光，但很确定并不是在哭泣。

"他等了多久？"

突然间，他发现这个数字还真不是可以信手拈来的，因为他爸爸原先是说"等了三十二年"，但那是他念二年级的时候，现在他已经五年级了，又过了三年。所以三十二加三……

他目不转睛地盯着她的双眼，铿锵有力地说出："三、十、五、年。"

她似乎不为所动，拿起三明治咬了一口，咀嚼了好长一段时间。她的目光飘向远方。"他在等待什么？"她问。

"他的哥哥。"

"噢。"她答应得理所当然，点着头好像那就说明了一切。

房子前面响起嘎答的一声，他知道那是投信口被推开的声音，是他父亲正在送信。她似乎没听到那声音。

"他叫什么名字？"她问道。

"谁？"

"那个哥哥啊。"

这个问题有点儿出乎他的意料。他从未想过等待者或是他哥哥的名字这档事，因此他回答："我不知道。"

她开始吃第二份三明治——他早就已经吃完他的第二份了。他感觉到她咀嚼时在盯着他看，那让他觉得不自在。当他注视她超过一秒时，他发现她的皮肤几乎是透明的，就像是十二月水塘上结的薄冰。他感觉自己好像能看透她，这时一个念头蓦地窜进他的脑袋里：当她停止咀嚼时，她会问他叫什么名字。

他不想被她问自己叫什么名字，也不想让她叫"噢，唐诺！"或是"噢，辛可夫！"他想被叫做："噢，邮递员先生！"

他得赶快说点儿什么，以转移她的注意力。

"我会拼'叮叮当当'这个字。"他脱口说出这句话，然后就对她拼出这个字。他在学校等了好几年，也没人问过他："叮——叮——当——当——。"

她的嘴巴张得大大的，眼睛也瞪得大大的，感到非常惊讶。

"还有我得过一次优，那是地理大考，我得了全班唯一的优。"

这一次她显得比较高兴而不是惊讶，她点头微笑，并不感到意外。她知道他可以做得到。"恭喜你。"她这么说。

他脑海里回响起他父母的话：大大恭喜你！他猛地想起波莉在医院出生的那一天，他与母亲所做的约定——哪一天真正有需要时，他可以得到两颗星星。他还有哪天比今天更需要吗？

"你有星星吗？"他问。

她觉得好笑似的看着他："星星？"

"那种纸做的小星星。银色的，可以粘在……"他原本要说"可以粘在衣服上的那种"，紧接着改口："可以贴在纸上的那种。"

她点点头站起来，走到摆着杯盘的柜子前打开抽屉，嘴里念念有词，"星星……星星……"，她把整个抽屉搜了一遍。

她撑着助行器走进餐厅里，他挺后悔自己问了这个问题。

"星星……星星……"

她笑容满面地走回来，手里拿着一样东西，但不是星星，那是一张邮票大小的火鸡贴纸，跟米克思小姐以前贴在他作业上的类似。她把贴纸递给他，问："来只火鸡怎么样？"

火鸡很适合啊，他把它贴在自己的衬衫上。他没办法告诉她，这只火鸡让他感觉有多快乐，快乐到连他的眼睛也充满了泪水，急促的呼吸令他的胸口快速起伏，那硬而多刺的东西便离他而去。于是，他把所有的事情都对她说了。他告诉她关于户外运动日的事，还有为什么他没去学校。他告诉她自己最喜欢的两个老师，米克思小姐和她的学习列车，以及亚洛维兹先生所说的"Z应该排在第一个！"他还告诉她长颈鹿帽、哈比普及哈布普（她听到这个大笑了出来），还有他为安德鲁·奥韦尔烤的大饼干和海克特·宾恩的耳屎蜡烛。他又跟她说了一次户外运动日，还有时钟说了什么，盖瑞·贺宾又说了什么。他告诉她自己为泰坦队踢进的一球，还有当他关上地下室的门，里面会出现的火炉怪。关于这一点，天可怜见，他至今仍是半信半疑。

他不停地说着，将他有生以来的故事全都挖了出来，一股脑儿地向她倾诉。他给她看他的粉红口香糖幸运石，她在她的衣服上摩擦几下后还给他。他透过自己的泪眼所看到的她很模糊，像个鬼影似的。她白色的头发贴在头上，像是一撮蓬蓬的棉花。

他所熟知的自己——那个小孩，好像就在附近打瞌睡。当他醒过来时，发觉自己已经在人行道上了，那老太太正站在台阶上对着他喊："再见，邮递员先生！"阳光在一排排屋顶上闪耀着。此时学校已经下课，背着背包的孩子们忙着跑回家。空气冷冽而清新，拂在脸上的感觉很舒服。

二十二
永远的边疆

黄队大获全胜。

辛可夫第二天一到学校就知道了。所有的黄队队员的脖子上都戴着金牌，奖牌其实是塑料做的，但它们看起来就像是真的奥林匹克金牌，而且是用红白蓝三色丝带系着挂在脖子上。

盖瑞·贺宾在户外运动日的表现太棒了，所以在这一年剩下的日子里他就是学校里的老大。有的时候他笑脸迎人，

对不知其名的人也很友善。他不会先开口说话，因为他知道
只要自己忍住不先开口，就会有人开口恭喜他。事实上，有
太多人恭喜他了，有人没恭喜他反而令他感到意外。

其他的日子里他就很严肃，在下课时或上课无聊时，他
就会弯腰拉筋做伸展运动。这种时候，他似乎无视其他人的
存在。他的目光凝视远方——当然不是宾恩或是邮递员老太
太的远方——八成是奥林匹克荣耀的金色远方。过了一两天
以后，其他黄队队员就不再戴着金牌到学校了，但是贺宾依
然每天戴，一直戴到毕业典礼当天。

在毕业典礼时辛可夫坐在管弦乐队里，乐队要表演两个
曲目，外加毕业生进场时要演奏的《荣耀大典》。辛可夫在舞
台的位置可以综观全场，但他却没有在人群中找到他的父母
和妹妹。

首先校长致辞，接着是督学训话，再后来就是管弦乐队
演奏的第一个曲目：《派拉吉欧的华尔兹》。在这个曲目中，
辛可夫吹横笛时错了两次，笛音尖得像是掐着嗓子尖叫的
小女生。音乐老师皱了几次眉头，但辛可夫自己根本没注
意到。

凯蒂·史奈尔森因为学业分数最高，得到一本书作为奖
励。她在颁奖台上摆好姿势演讲，每一个人都微笑地听着。
只有管弦乐队才能看见，她紧张得一直用脚尖磨地板。

接下来是特殊成就奖。有许多人得奖——因为这个或那个最好，因为这个或那个最多，第二好，第三好。除了奖牌和奖状，还有奖金支票和握手祝贺，以及兑奖证明和奖杯等。布鲁斯·迪米诺还得到一只玻璃苹果（那是校长奖）。

就在颁奖的时候，辛可夫发现亚洛维兹先生站在最后面。亚洛维兹先生并不需要出现在这里，他现在是四年级的老师，跟毕业的五年级有什么瓜葛？但他就站在那里，辛可夫最喜爱的老师（与米克思小姐齐名），和他一样姓氏字母排在后面的老师。辛可夫猛然惊觉：他毕业了！不用再上小学，不用早上第一个走路到学校；而明年他就会搭巴士上中学了。不用一整天一整年，待在同一间舒适的教室里。

那年春天，辛可夫第二次感觉泪水正夺目而出。毕业典礼都还没结束，他已经开始想念赛特菲小学了。他甚至开始想念边疆地带、户外运动日和毕斯威尔太太。他环顾四周，他爱这里所有的事和所有的人，甚至想要拥抱墙壁。最后一个奖项也颁发出去了，管弦乐队准备演奏《你永远不会独行》。接下来大概是他平生做过最困难的事了：边哭边吹横笛。他注意到，音乐老师似乎也要哭了。

他不禁想起最初的两千一百六十天，现在还剩下多少天？他从未忘记过这个数字。

此时校长缓缓走向颁奖台，嘴上感谢着这些"才华横溢的音乐家们"所演奏的"美妙乐章"。他对坐在前排的毕业生微笑，然后说道："现在是我们大家期待已久的时刻。"

毕业生们都站了起来，等着校长念到自己的名字时朝领奖台走去。督学会亲手发给每一位毕业生，一个用蓝色丝带系起来的纸卷——毕业证书。大多数的毕业生上台后都迫不及待地伸手去拿毕业证书，但是督学刻意将毕业证书放在身后，让他们先跟他握手，才能拿到毕业证书。

校长每念到一个名字，就会在观众席引起一阵骚动，一堆人挤在走道上抢镜头拍照。有家人、亲戚和朋友为毕业生鼓掌喝彩的，也有些只是轻轻地拍着手，再喊声："耶，莎拉！""你最棒，尼克！"

某些家庭就喧闹得多了，他们会在椅子上跳跃，挥舞着双臂，两根手指放在口中大吹口哨，发出麋鹿般的叫声，双脚用力跺地板，等等。这很难让人不去做比较，不去注意，谁得到了最大声、最持久、最轰动的喝彩和最多的镁光灯，这就像毕业离校以前的最终测试。

辛可夫试着不这么看这件事，他知道有些家庭就是不会这么吵闹，但那并不表示他们不爱自己的孩子。他的家庭就是如此，他爸爸不会大吹口哨，妈妈也不会猛跺地板。但他仍然会想象，有人为他疯狂喝彩的感觉一定很棒。当然，那只是假想有人在那里为你喝彩，但连这一点他也不敢妄想，因为他还是没找到他的父母——也许是破车七号在路上抛锚了——眼见已经快到典礼结束的时刻，他能瞥见他们一眼就感激不尽了。

因为他一边想着这些事情，一边在人群中搜寻家人的面孔，所以校长喊到自己的名字时他没听到。

"还有最后一位是，唐诺·辛可夫。"

校长停下来等着，督学也等在那里。校长环顾四周，好像辛可夫会从空气里冒出来。他又念了一次名字，但是以问号结尾的疑问句：

"唐诺·辛可夫？"

辛可夫猛地回过神，随即跳了起来，急忙抬脚想走向校长，却被身旁竖笛手的椅脚绊倒，跌了个狗啃泥，横笛便哐啷一声掉在地上，观众席爆出一阵大笑。他不怪他们，自己真是个大蠢蛋！他也跟着笑了起来，抓起横笛，继而手忙脚乱地爬起来，整理了一下衣服再深深一鞠躬，继续朝校长走去，忘了自己其实该走向督学。

现在全场安静了下来，他又再次燃起希望，不知道……

摆放毕业证书的桌面已经空了，最后一张证书握在督学的手里。他是永远的边疆排尾。

辛可夫伸出手想拿毕业证书，却握到督学巨大温暖的手掌。他握了握手，接着立正站好，大声说："辛可夫报到，先生。"督学咧开嘴对他笑了笑，举手回礼后，才把毕业证书交给他。

观众席里有人尖叫："唐诺，加油！"这声音很熟悉，他一抬头就看见了波莉。他们一直都在那里，就在观众席的正中央，他的父母双手高举过头鼓着掌，但是波莉坐在爸爸的肩膀上，握着双拳用力挥舞着双臂，脸红脖子粗地叫着："唐诺，加油！唐诺，加油！"——她正在做他所想象与希望的——疯狂地为他喝彩，给他全场最狂野的欢呼。在观众席的最后面，亚洛维兹先生靠墙站着，对着他微笑并竖起两根大拇指。

二十三
消失无踪

毕业典礼就只有那么一天。

接着而来的是另外一天。

和又一个另外一天。

辛可夫收起他的横笛、背包和对毕业典礼的回忆，开始过他接下来的生活。

对辛可夫和其他住在这个小镇的孩子而言，暑假就像是一汪又大又浅的温暖湖水。有些人在湖里嬉笑戏水，有些人朝遥远的对岸前进，有些人就只是站在湖水里，用脚指头挖掘湖底的泥沙。天气暖热，阳光普照，令人懒洋洋的，如果你乐意，甚至可以放松双脚，因为在夏季温暖的湖水里，每个人都会漂浮起来。

辛可夫骑着他的小破车一号，和一个从小镇另一边来的小孩，一起在公园里兜圈子，一起比赛冲下半桶丘，在单车上他是优雅的。

几乎整个七月他都痴迷于"大富翁"，他带着整套游戏四处跑，总是把他最喜欢的棋子——高帽子放在自己口袋里。他早上起来就跟爸妈玩，跟史丹利叔叔玩，跟邻居玩，还跟叫他"邮递员先生"的老太太玩。当他真的找不到人玩时，只好屈就找波莉玩，波莉总是不停地拜托他跟自己玩，但每次都要不了多久，他就会拥有全部的房产，现金也会叠到天花板那么高。但是那一点儿乐趣都没有，波莉太容易被打败了。他设法痛宰她惹她生气跳脚，让游戏变得有趣一点儿，最好大发一顿脾气，那样就太好玩了。但是她根本就不在乎，或是没注意到自己输了。她只是爱掷骰子往前移动罢了，搞到最后生气的是辛可夫自己。

接着，他们去海边度了三天假。他们漫步在沙滩上，与花生米先生握手，并且吃了一个冰淇淋饼干三明治和一根巧克力冻皮香蕉。当波莉在沙滩上挖洞时，他把半个身子泡在海水里，挑战海浪对他的冲击。

回到家以后，他缠着爸爸妈妈要参加游泳俱乐部，但是他们说那太贵了。所以他只能做所有小孩都会做的事：他闻了爸爸妈妈卧室里的柏木柜子，拔掉蒲公英的头，在公园玩跷跷板，舔了搅拌碗，骑单车，数火车车厢，练习闭气，用舌头发出咯咯声，尝了豆腐，摸了苔藓，做白日梦，瞻前顾后，希望，好奇……不知不觉中，暑假就奇迹似的结束了。

门罗中学大得吓人，可以装下四间小学。操场里没有秋千，因为它根本就没有操场，也没有休息时间，整天就从一间教室换到另一间教室，从一个老师换成另一个老师。每四十五分钟，移动的人潮就像牛群一样涌入走廊，哞——高大的八年级生超过他时，把他挤得东倒西歪。当他看到熟悉的赛特菲小学老同学时，都会满脸笑容地挥手打招呼。

有一天，他看见一张脸，整个人立刻僵住，然后叫了出来："安德鲁！"那是他昔日的老邻居。

安德鲁看了他一眼，但没有停下脚步，他似乎没认出辛可夫。

"是我啊，唐诺·辛可夫。"

安德鲁点点头："是你啊，嗨。"

辛可夫跑步追上他，自从最后一次见面以后，安德鲁真长大了不少。他比辛可夫要高上五寸，如果辛可夫不认识他，会以为他是八年级生。不只是他的身高，还有他表现出的自信，不像大多数偷偷摸摸、垂头丧气的六年级生，安德鲁令人觉得他属于这里，不用因为出生得比较晚而觉得抱歉。

辛可夫因为要抬头看他而觉得有点儿怪怪的："安德鲁，你长高了！"

安德鲁从他的头顶望过去，再垂眼看着他说："是啊，还有我叫德鲁。"

辛可夫被搞糊涂了："啥？"

"我现在的名字叫德鲁。"

"噢？你改名字了？"

"是啊。"

辛可夫从来没看过安德鲁——德鲁——在海瑟坞的新家，但是他可以想象得出来，新家外面有车道，前院有树木。辛可夫点点头，因为这似乎说得通：新房子配上新名字。"酷！"他们肩并肩地走在一起，"你父亲还是银行家吗？"

德鲁垂眼看着他，头不动，只有眼睛往下瞄："你老爸还是邮递员吗？"

辛可夫正要回答时，一阵铃声响起。那不是下一堂课的上课铃，它来自于德鲁的背包，德鲁拿出手机开始讲话，边讲边走，然后转进了他下一堂课的教室里。

辛可夫坐在教室里——想坐哪儿就坐哪儿！但他都坐在第一排的正中央，每一堂课他都冲在前头，好抢下第一个位子。每次他坐在第一排，都会想起亚洛维兹先生，他还挺想念他的。

他加入了乐团，遇到来自于其他小学的横笛手，他们会比试横笛技巧。

他也加入了摄影社、影音社和模型车社，还是图书馆的义工。但是最后除了图书馆义工，其他统统都得放弃，因为它们跟乐团的练习冲突。

有一天，他下楼梯时踩空了一阶，结果摔了一个大跟头。接着他花了好几分钟，手脚并用地趴在地上捡起铅笔、橡皮、书本、尺子、三角板、量角器、他的粉红口香糖幸运石、饼干碎片、大富翁高帽子和其他从他背包及口袋里掉出来的东西。大多数的学生都小心地绕过这一片狼藉，但是有两个八年级生没注意，大笑着直直地走过来，踩碎了几片饼干。

算术变成了数学，现在又变成了几何学。正方形和矩形还可以，但是五边形、六边形、八边形和多边形，他就搞不懂了。他对形状不在行，他又倒退回数学了。

乐团也不再只是乐团，而是变成了军乐队。一开始，辛可夫还想，这很棒啊！他想象自己穿着亮眼的制服，上面镶

着金边挂着金穗，还戴着一顶跟长颈鹿帽一样高的深紫色高帽。但是他们没有制服，要到高中的军乐队才有，初中只是学习基本的步法队形。

他们在停车场上练习，学习如何同时演奏和迈步前进。在头几天，他们练习的是简单的直线前进。边走边演奏，辛可夫心想，这太简单了。

接下来，他们开始转弯。一开始是九十度左转和右转，后来是四十五度转，还有向后转。辛可夫似乎没抓到诀窍，他分开做都没问题：不演奏就可以行进，或是不行进就可以演奏，但当他尝试同时做这两件事时，就会撞上停在一旁的汽车、单车架，或是其他团员，就像游乐场里的碰碰车。最惨的一次他撞上了低音号，鼻子都撞出血了，他们只得叫他回家。

但他不会放弃，也没有人叫他不用再来了。

学校后面有两个户外篮球架。有时间的时候，孩子们会临时组队比赛。其中一个篮筐还挂有篮网，那是八年级生的。另一个没篮网的就是六年级生和七年级生的。

辛可夫总在附近晃，希望能被挑选为队员。挑选队员的永远都是那两个自以为了不起的人。但是并没有人推举他们，也不是经由投篮比赛胜出的，他们只是自我任命，又没有人敢反对而已。通常盖瑞·贺宾与德鲁·奥韦尔就是那两位挑选者。

挑选者站在罚球线外，环顾四周进行点兵。他们轮流挑选，越早被选中的表示球打得越好。十位选手挑选完毕以后，没被挑到的人就退到边线，等到这场比赛结束——其中一队先投进十球后——才有再被挑选的机会。

辛可夫现在很爱打篮球。他等了一场又一场比赛，挑选者继续选兵，但通常还都是原班人马。站在那里等待被挑选时，辛可夫试着让自己看起来不错。他皱着眉头摆出备战面孔，想让别人觉得他能得分。有一次，德鲁·奥韦尔直视着他，他很确定这一次要选他了。他已经可以听到他的名字在德鲁的嘴唇上形成——"辛可夫!"但最后出来的却是……

"奈德尼。"

接着，由九月进入十月，又由十月进入十一月、十二月，绿草渐黄，天气转凉，搭乘巴士的孩子开始在车窗上吐气成雾。军乐队也转入室内，挑选者也转为挑足球队员。篮球赛、考试、指定作业、项目报告、成绩单、欢呼、呻吟、等待下雪。

学校进入冬天。

辛可夫消失得无影无踪了。

当然这不是对他自己而言。对他自己而言，他一直都在那里，每分每秒都在：大笑、打嗝、咬铅笔一端的橡皮。跟其他人一样，他是自己生活的重心。他每天都被其他乐团团员和他六年级的朋友看到与听到。

　　但对于门罗中学众多的眼睛而言，他是不受关注的。即使那件让他在圣特菲小学受到关注的事——户外运动日输掉比赛——也消失不见了。这一切都被遗忘了，就像被撕掉的糖果纸被抛弃在身后一样。在这里时，时钟只报时不报其他，辛可夫在这里不再是废物，他连废物都不如，他谁都不是。早在第一片雪落下前，他就已经沦为无名小卒了。

二十四

下雪

　　雪花乘着西北风的前缘到来，赶在落到小镇的柏油屋顶前飘过海瑟坞，飞越半桶丘和依娃的小茅屋及邮局后，径直飘入柳树街，飘向门罗中学的草坪及柏油地上，在二楼的窗户外面飞舞片刻，跳跃过喷水池，最后仿佛终于倦了似的落在屋顶上。

　　在下方的教室里，一个八年级生从他涂鸦的纸上抬起头往上看。他斜仰着头吸吸鼻子，半起身斜着眼往窗外望去。

他瞪大眼睛，举起双手叫道：

"下雪啰！"

没过几秒钟，全校就都知道了。

"那只是一阵小雪罢了。"

"那只是开始而已。"

"可能是一场大风雪。"

"明天就下雪吧！"

"祈祷吧！"

午餐时仍然是小雪，学生们聚集在餐厅窗前叫喊着："下雪！下雪！下雪！"

"那只是一阵小雪罢了。"

"就这样了吧。"

"糊弄我们啊。"

"你看地面还是干的，一点都不湿。"

到了第七节课时，一阵南风吹走了小雪，天空又变得透明而晴朗。

"真讨厌！"

放学的时候，大片的雪花洒落在蜂拥而出的学生们仰起的脸庞上。

"下雪啰！"

"下雪啰！"

"下雪啰!"

辛可夫爱上学,但也爱下雪的日子,看起来明天肯定会是个下雪的日子。当他下了巴士往家走去时,地面的雪已经粘住了,人行道也已经盖满了白雪。他已经预想到明天早上半桶丘的积雪会有多深。想到这里,他不禁大叫道:"哟嗬!"完全忘了自己早就不这么叫了。

因为雪花本身很潮湿,所以很容易结成球状,雪球战便在全镇的街道上引爆。雪花一落在车顶和台阶上,立刻就被搜刮得一干二净。

三分钟吃完晚餐是玩雪的原则。脱掉手套,胡乱吞下些东西,无视老妈的碎碎念,再戴上手套回到户外,欣然发现:雪已经一寸厚了!

天色已暗,当雪花在街灯下飘落时,会形成某种让孩子们驻足观望的景象。但停不了多久,暗处里飞出一个个雪球,穿过街灯形成的雪花帐篷,又没入黑暗里。

第一部铲雪车轰隆隆地经过,但对孩子们而言它并不是台铲雪车,而是辆坦克。而握在你手中的是支火箭筒。砰!

辛可夫攻击完坦克后,第一个发现了一个街口外有车灯经过,接着是另一辆闪着红白蓝灯光的警车。孩子们都跟着转过头,丢炸弹的手臂慢了下来,然而有人开始跑过去。

他和其他人一起朝着车灯跑去。到底发生了什么事?是火灾？还是凶杀案？雪战持续着，但只是连打带跑的小规模战斗。他们跑过一个街口，两个街口，三个街口。

是柳树街，九百巷那里灯火通明，仿佛嘉年华一般。

到处都是警车、救护车，它们像是游行般排列在街道上，停在路边的车辆所形成的雪堆，在旋转的灯光下闪烁着。人们呼喊奔跑，在门前台阶上观望，夹杂着无线电的叽嚓声。人行道的积雪上踩满了脚印，街道的积雪上则压满了轮胎印。

辛可夫跳来跳去，就像从研磨机里跳出来的豆子。穿过闪烁的雪花，他发现等待者在窗后，他看起来就像是乔治·华盛顿。辛可夫听到一些对话片断：

"不见了……"

"小女孩……"

"母亲……"

"呆住了……"

"发狂似的……"

"绳子……"

是克劳蒂亚，那个栓绳的小女孩。

她不见了。

不知道是什么原因，他并不感到惊讶。他想她一定是趁她妈妈转身时，偷偷溜走的。他想象她扭动着挣脱护具，扔开绳子，高举双手大叫道："哟嗨！"狂奔到下雪的街道上，终于自由了，就跟他第一次被允许单独出门时差不多。

所有的灯光都集中在克劳蒂亚家的街道上。他想他看见了她妈妈，被一群人围在前门台阶上。他听到有人哭了起来。

他想摘下一只手套，但是他一次只能拉出一根手指——这并不容易，因为手套又冰又湿。手套会湿掉是因为他之前丢的是雪泥球而非雪球。大家都知道，雪泥球丢得比较准也比较狠，唯一的问题是它的冰冷湿气会浸入毛线织的手套里。但奇怪的是，除非你停下来，否则根本就不会注意到。

他摘下手套把手伸进裤兜里，拿出克劳蒂亚送给他的礼物，那干掉的粉红色口香糖幸运石，放在他又湿又冷的手指间滚动着。他记起克劳蒂亚的妈妈跟他说过一件关于被小鸡撞到的趣事。他也记得她说过，如果克劳蒂亚开始抱怨身上绑着绳子，她们母女俩就该好好聊聊了。他怀疑克劳蒂亚是不是开始抱怨了，或者干脆跳过这一段，直接走人了？

他把幸运石放回口袋里，眼前的灯光闪烁，照得他两眼发花。

他戴回手套，但是手套比夜晚的空气还要冷。他索性把另一只手套也摘了下来，把手套都塞进外套口袋里，却发现没有温暖的地方可以放手，于是又把手套从口袋里拿出来，站在那里瞪着自己的双手。他的脸因为附近警车顶上的旋转灯的照射，看起来红彤彤的。他把手套整齐地叠在一起，放在附近房屋的台阶上。

他开始走动，一颗雪球砸在他的背上。

"嘿，辛可夫！来啊！"

其他小孩还在打雪球战。雪球大战在警车灯光照耀下，进入一个全新的令人战栗的状态。辛可夫继续往前走。

看起来全镇的人不是站在街道上，就是在窗户后往外盯着看。每一个人都拿着手电筒，这是一个充满灯光与目光的夜晚。一个穿着连身睡衣的小小孩，在门口喊着："妈妈！我也可以看吗？"妈妈大叫了一声，门砰的一声就关上了。

八百巷那一带人比较少，也没那么多灯光，但还是人来人往的。到了七百巷那里，灯光只是从窗户里透出来。这里的搜索是比较安静的：只有呼吸时吐出的雾气，喃喃低语声和靴子踏在雪地上发出的嘎喳声。这时，他再次意识到飘落的雪花。

再过去两个街口，人行道上的积雪完好如初。这时他独自一人，脑子里的话迸出来变成低语：我会找到她的，我会找到她的。

他继续向前走。

二十五
"克劳蒂亚……"

从窗户透出来的灯光与街角路灯的灯光，让辛可夫觉得它们好像也在睁着眼帮忙寻找。灯光下的雪花让他想起飞蛾，而在灯光之间的暗处，他就看不到也听不到雪花的飘落，他伸出舌头想要接住它。

在黑暗处，他轻声叫着："克劳蒂亚……克劳蒂亚……"

他也不知道自己为什么要轻声细语。

也许是因为他不想再为这个夜晚，带来更多不必要的打扰。

　　也许这样，说不定正乐在其中的她就不会因为听到他的叫声而被打断。

　　"克劳蒂亚……"

　　积雪越来越深，已经没过他的脚踝了。他跋涉而过，就像在海滩上踏浪一般。

　　在灯光间的暗处很难看得清楚，因此他刻意对着黑暗的角落处轻声叫着。

　　"克劳蒂亚……"

　　他隐约看出房屋所形成的黑色峡谷，夜更黑了。

　　"克劳蒂亚……"

　　他对街道两侧的人行道做交叉式的地毯搜索，试图做到巨细靡遗。

　　落雪遮盖了一切事物，使它们看起来全都洁白、柔软和圆滚滚的。这就像玩猜谜游戏一样，这是什么？那是什么？他猜想她是被雪盖住了。她正在玩游戏，等着别人来找她。他好像能听到她在咯咯笑，因为搜寻者近在咫尺却没发现她。或者是她睡着了，就像只小熊睡在雪里面。每一个隆起的雪堆，在他看来都像是她。他用脚去戳这些雪堆，全身紧绷，期待她会像被惊动的小鸟般大笑着飞起。但是那些雪堆只是一具小雪橇、一台破电视、一袋垃圾。

"克劳蒂亚……"

接着他又想，不，她不会静止不动的。她会跑来跑去动个不停，在雪地里打滚庆祝。没有绳栓着她了！又碰到下雪！她最不可能做的就是静止不动。

他时不时地往后看。现在那些旋转的灯光很遥远了，宛如降落的宇宙飞船。他爱这种远处的旋转灯光，那是栓着他的绳子。他希望克劳蒂亚不会想要太自由。

前面街口转进来一个新的灯光，轰隆作响，那是一台铲雪车。它把雪从地上铲起，像是手指铲过蛋糕的糖霜。铲雪车轰隆隆地朝他驶来，它的头灯颤抖着，那是他有生以来第一次没挖起一个雪球去砸它。当铲雪车经过他身旁时，一个念头突然在他脑中闪过：万一她在街道上呢？他大叫道："停车！"但是铲雪车继续轰隆隆从他身边驶过，往街道的另一头驶去。

他又继续走了两个街口。再回头看时，他突然不再觉得自己随时能找到她。他只感觉到一片寂静，他不敢相信雪落下时会是如此安静，他也不相信她能够走这么远。他看了远处的旋转灯光最后一眼，就在这个街角转了弯。他打算再往下走一个街口，就往回走向灯光聚集处。

走到一半时他经过一个巷子，他突然灵光一闪。

巷子里！

　　那些没有名字，没标在地图上，没有车子经过的小巷。谁说她是从前门出去，跑到满是目光与灯光的街道上的？谁说她不是从后门出去，跑进巷子里的？他想到自己有生以来在巷子里消磨的时光，他感觉得到，他知道：她就在巷子里。

　　他往黝黑的巷子里望去，那里完全没有灯光，跟他家地下室关门后一样黑。这是夜晚的地下室，黑夜都降临于此。他跨出一步又一步，身后最近的一盏街灯跟随着他，最后还是失去了他的身影。

二十六
小孩要做的事

"克劳蒂亚……"

他对着前方低喊，他的低喊就像是他的眼睛，他的指尖。

"克劳蒂亚……"

只要他不抬起头来，就不会知道现在正在下雪。

铲雪车没来过这里。

他绊到某样东西，整个人脸朝下摔进雪堆里。接着他站起来抹去脸上的雪，雪花沾在他的脖子上，开始在衣领下融化。他把手从外套口袋里拿出来以保持平衡，希望自己最好别再跌倒了。

但他又跌倒了一次。

他拿出他的幸运石，紧紧握在又湿又冷的手里。

"克劳蒂亚……"

前头有微弱的灯光：那是下一条街。雪花再度出现，他穿过街道，再度进入黑暗的巷子里。

"克劳蒂亚……"

他穿过一条又一条街道。没多久，他就听到双向无线电嘎吱作响的电波干扰声。在他的右手边，有灯光透过通风管投射出来，映照出屋顶的轮廓。还有说话的声音，他正好在克劳蒂亚家后面。他想要大喊"你们找错地方了"，但他只是继续往前走，把人声与灯光都抛在身后，再次没入黑暗中。

"克劳蒂亚……"

他紧捏手中的幸运石。他把手放回外套口袋里，口袋里也和他的手一样又湿又冷，这是怎么搞的啊？

前方左右各有一丝光亮，那里是厨房与卧室的窗户。但这两处灯光照不到巷子里，它们是平面的，就像是两张贴在黑暗里的黄纸。

他被隐藏的地洞绊倒，撞到打开的门和铁丝网围篱，天知道还有些什么会出现在这样一个寒冷的雪夜里。

他继续跋涉，连脚都懒得抬起来了。

"克劳蒂亚……"

她能支撑多久？在这样一个暴风雪的夜晚，一个小女孩能维持温暖存活多久？

他一定得找到她。

他要如何才能找到她？

她会瑟缩在哪里发抖吗？会是他绊到过的某个东西吗？

他会先听到她的声音吗？听到她用那稚嫩的嗓音笑着说："我跑走了！我跑走了！"

他找到她时，他会说什么呢？他想他应该会说："啊哈！"他只能想到这句话。

她会要求在回家前，先打一场雪球战吗？他会说"别傻了"吗？她会坚持一定要玩吗？

他想到他的妹妹波莉，也曾在像克劳蒂亚这么小的时候离家出走。"跟唐诺学的。"他妈妈这么说。但那不是事实，唐诺不曾离家出走，他只是离开那房子而已，那是有差别的。波莉是真的离家出走过。

当波莉有了某种想法时，就得喊一声"凯迪，闩上门"[2]了。他妈妈以前总这么说。也许她该说的是"凯迪，拿绳子来。"但是家里并没有绳子，所以如果不闩上门，波莉就有

---

[2] 此处是一个英语成语，意为"当心，小心"。——编者注

可能溜下台阶跑到街道上。

不论谁最靠近她，都有责任抓住波莉。他爸爸曾经说过："总有一天，我会赌她是在吓唬人，然后随她走多远都行。"史丹利叔叔说："我打赌，她会一路走到克里夫兰。"

有一天，但愿他爸爸没这么做，他被气到赌她是在吓唬人，就让她走出门去了。但他紧跟在她后面，唐诺则跟在爸爸的后面。当她走到街道边时，竟然停也不停就一摇一摆地甩着小脚步过街，他爸爸只能像母鸭一般，为她注意汽车。当她知道他跟在后面时，便尖叫着跑得更快，她的小屁股跳上跳下就像两个苹果。

她并没有一路走到克里夫兰，但她的确走到了路德洛大道。这让她爸爸在接下来的几年里，老爱吹嘘她至少走了一英里。但最后她还是停了下来，有趣的是，她并没有放慢脚步而是直接在马路中央停下来了，然后转过身看着他和爸爸，接着就噗通一屁股坐在马路上，一辆车赶忙紧急刹车，另一辆则摇晃着闪过他们。

她对自己的表现太满意了，像只小鸟一样叽叽喳喳叫着："我跑走了！"她的笑灿烂得连阳光都为之逊色。辛可夫在那一刻看到某些东西，是他找不到言语形容的。他看出来一个小孩逃跑是想被找到，跳起来是想被抓到。那就是身为小孩的事：被发现与被抓到。接着，她做了一件他永远不会忘记的事。她坐在马路中央向他伸出双手，而不是伸向她爸爸。他的心飞了出去，将她抱起来，让她一路骑在自己的肩膀上回家。

"克劳蒂亚……"

此刻他明白了，她现在不是在逃跑，她是在等待。

他摸不到幸运石。是弄丢了吗？他慌了，来到下一个街灯处看了一下，幸运石还在他的手里。他的手已经变得像石头一样，又硬又冷而且毫无知觉。他拿起幸运石，在脸颊上摩擦它平滑而冰冷的表面，再把它放在嘴唇上摩擦，最后又把它放进嘴里，那是他身上仅存的温暖部分。

再走进黑暗中。

"克劳蒂亚……"

二十七
他自己

　　他走到这条巷子的尽头，然后转上大街，再走进另一条巷子里，口里含着那口香糖幸运石，以保持它的温暖。他还朝着手指直哈气。

　　抬头往上看。他的脸已经感觉不到雪花落下，只剩下嘴唇还有感觉。他希望能见到些星星，他仍把它们当做是自己的星星。他想起自己最早的一个信念是：每天都会有一定数量的星星掉落在地球上，好让妈妈们把它们收集起来，装饰在孩子们的衣服上。他希望自己仍然相信这个。他停了下来，仰起脸正对着天空。他闭起双眼，感觉到雪花落在眼皮上，那是将死星辰的冰冷灰烬。

他想停下来，想回家睡觉。他想起自己的床，想象自己穿着睡衣。不，他先想象自己在浴缸里，因为长大了，他现在都是淋浴，但这一次，他想要泡澡。他让水一直流啊流，而妈妈也不会对他大吼："唐诺，够了！把水关掉！"至少这一次不会。他让温暖的水一直涨到肚脐才把水关掉，接着他把整个身体没入水中，没入这片冒着热气的无止境的温暖中，只露出一个头来。接着才是上床睡觉，他蜷缩在被子下面颤抖，但不是因为寒冷，而是因为愉悦，他在柔软温暖的被褥堆里咯咯笑着……

他绊到了什么东西，撞到一道铁丝网篱笆上，弄得篱笆嘎嘎作响，上面的积雪也洒落一地，发出有如吐气的声音。

他向下对着黑暗的沟渠呐喊：

"克劳蒂亚亚亚亚亚！"

依然静默。

但惊讶的是，他的头顶并不冷。因为他头发很多，所以掉在头上的雪，因为他一再的跌倒翻滚而抖了下来。但是他的耳朵却冻僵了，耳廓顶端因为太冷，反而感觉像火在烧一样。他用手捂住耳朵，但是他的手跟耳朵一样冰冷。等他回家时，肯定会被好好地训一顿。因为他妈妈总是告诫他，在这样的天气出门，可千万别忘了戴帽子。她至少会说五十次的"老天爷帮帮忙"。

他想到了等待者。他怀疑等待者是否想过，自己亲自去越南找他的哥哥。接着他又想到：也许他这么想过，也许他一听到他哥哥失踪的消息时，就已经去找过了。也许他早就知道，自己是去寻找哥哥的最佳人选，也许他在丛林里跋涉，把鞋子都磨穿了。或许他早已经磨穿了两三双鞋，直到越南人说这是他们的丛林，把他赶了出来。或许这就是他为什么回到窗前的原因，因为他没有其他的选择了。

他在等待者的窗前，看着对街克劳蒂亚家的前窗。他看到了克劳蒂亚的妈妈，听到一个来自未来的声音："是啊，真是遗憾。在下着暴风雪的夜晚，一个还绑着护具的小女孩，竟然就这样跑不见了。全镇的人出来找她，甚至连辛可夫家的孩子都出来找了。他们找了又找，把整个小镇都翻了过来，还是没能找到她。现在你看，她的妈妈就坐在窗前，等待她的小女儿回家，已经等了三十多年了……"

他用力咬住幸运石。

"克劳蒂亚……"

　　他走到第二条巷子的尽头，发现还有第三条巷子，走到尽头又发现还有一条。在一个转角前，他看见远处有红白两色的旋转灯光。他不想再责骂他们找错地方，看到这灯光，反而让他感觉好多了，他感觉到自己是团队的一分子，勇往直前地走进下一条黑巷里。

　　他没注意到，这一路上房子后面厨房与卧室的灯都灭了，但是他的确注意到似乎有什么东西不一样了。是噪音，下雪的声音变得嘈杂了。他四周围绕着一种像是扫把扫地所发出的巨大嘈杂声。他抬起脸，感觉脸上的皮肤有微微的刺痛感。那不是雪但也不是雨。不到一分钟，这轻柔的扫地声就变成了叽叽喳喳的声音了，就像是有人从天空向下撒盐。他的脚步声嘎吱嘎吱地响，他往地面摸，发现雪的表层已经变硬了，变得又滑又冷又硬。不适合拿来做雪人了，他应该在雪变硬以前做一个雪天使的。他怀疑克劳蒂亚现在是不是正在做雪天使，也怀疑天使在雪里是不是隐形的。他怀疑天使是不是在雪地里做人，还怀疑克劳蒂亚是不是一位天使……

　　现在细小的冰晶转变成冰冷的雨水打在他的脸上，再往下流进他的脖子和肩膀，让他因吓了一大跳而惊醒。他并不知道自己竟然睡着了，但事实摆在眼前，他是躺在雪里而非站在雪里。他试着撑起身，但是他的手压破了表层的冰，而雪就像是冰冷的棉花，钻进他外套袖子里直抵手肘处。他跳了起来，用力拍打手臂，想把里面的雪拍出来。雪是掉出来了，但手臂像冰柱一样，所以感觉不出来。

他跟跄地往前走。他的头湿透了，他是在淋浴吗？"嗨，老妈。我正在淋浴！"他是在说还是在想这句话呢？他自己也不确定。他对许多事情都无法确定了。事情全混在一起，差异都消失了，他再也分不清楚哪个是自己哪个是雪。雪是他，寒冷是他，夜晚也是他。

只有借着含在口中的幸运石，他才能确定自己，这是他身为辛可夫的最后一丝微弱余烬。他用牙齿紧紧咬住它，再用自己的舌头包住它。他用力跺脚，试图把自己甩离这夜晚，却把冰层踏碎了。

他再度跺脚，然后对着黑夜怒吼：

"克劳蒂亚！"

现在她把他给惹火了。"被我抓到你就知道了！"

隐约闪烁的灯光，远处的人声，以及像打嗝的警笛声。他叫喊着："我找这里！你们找那里！我们会找到她的！"

或者只是他自己认为自己叫了？

他提醒自己，要提醒自己。

克劳蒂亚的妈妈。

等待者。

一个等待者就够了，柳树街九百巷不会再有其他的等待者。"到此为止！"他大声地说出来。

然后他又睡着了。他还在走路，可是他跟屋内窗后的人们睡得一样沉。为什么不呢？当你本身与黑夜已别无二致，只剩口中的一块石头——而四周又是一片黑暗，再无东西可看时——你很容易就会认为，睁着眼与闭着眼没什么差别。

直到他撞上一道车库大门。

他猛地从车库门弹回来，四脚朝天摔在雪地里。他站起来奋力向前，但因为摔得晕头转向，转了一百八十度又往来时的路走去。

"克劳蒂亚……"

一直走……一直走……

笃笃笃笃的脚步声。

"喂，邮递员先生！"

他往上看，她正对着他微笑。"进来啊。"他走了进去。多棒的惊喜啊，正好是热巧克力时间！那只他小时候就有的维尼熊杯子也在，她先倒进热腾腾满是泡沫的热巧克力，然后才是最棒的部分——现打奶泡。她舀了一些，但是不够，永远都不够的。因为现在她变成妈妈了，她又在玩那套游戏，故意等他要求说："还要更多！"只要他乖乖说了，她就会堆上更多奶油，多到他得把整个脸埋进奶油里，才能喝到热巧克力。那就像是天堂……那是一辆车！

他边走边睡地上了大街，还撞上一辆停在路边的汽车。

他继续往前走。他认为自己在巷子里，但其实他是在大马路的中央。他听到无线电的吱嘎声，像打嗝的警笛声，还看到红蓝两色的旋转灯光。他很高兴他们还在外面寻找克劳蒂亚，他想他们会先找到她的。

现在雨下得更大了，他能听出雨声变大了。他眯起眼想借着街灯看看雨有多大，但他似乎无法将目光聚焦。他伸出手放在面前，试着聚焦看清楚，但他的手稳定不下来。他往上看，没有东西往他脸上掉啊，雨停了、雪也停了。如果不是下雨下雪的声音，那到底是什么噪音呢？

是他自己，是他自己的牙齿在打战。喀啦喀啦响得比破车九号还厉害，抖得跟他的手、跟他的全身一样厉害，幸运石就像是在他的嘴里跳舞。

辛可夫很冷，却假装很暖和。

他假装自己是爸爸。每走一步就说一次："小事一桩……小事一桩……"他又撞上另一辆车，他拍打自己的脸以保持清醒。他跺跺脚，却感觉不到脚趾，谁把自己的脚指头拿走了？他唱着："谁拿走了我的脚指头……"又唱着："克劳蒂亚……喂……克劳蒂亚……"他必须保持清醒，必须保持清醒，必须找到她，不能再等了。他一个字一个字地对着这冷飕飕的夜晚，大声念出他最喜欢的字："叮——叮——当——当——"又唱着："叮——叮——当——当——"他听到克劳蒂亚的叫声，她在半桶丘那里。她坐在他的雪橇上，坐在他的背上，他们由小丘上滑下来，她一路尖叫着。她是波莉，坐在爸爸的肩膀上，大叫着："唐诺加油！唐诺加油！"接着他像一阵风一样冲了出去，在人行道上与汽车赛跑，在下一个街口前超越它们。"Z 应该排在第一个！"亚洛维兹先生这么宣布。"Z 应该排在最后一个！"毕斯威尔太太却这么宣布。等待者在窗户后面，对着他眨眨眼说："给我一块什锦口味的饼干。"黄色胸章、黄色胸章，你说什么？"滚出我这一队！"黄色胸章是这么说的。大大的恭喜。给我一个 T！给我一个 I！给我一个 N……你拿的是什么？蜡烛！把你的蜡烛拿来这里！是地道的耳屎蜡烛。每一个人都有两千一百六十次恭喜！两千一百六十……两千一百……全体上车！全——体上车！下一站是哈比普——哈比普——哈比普……早安，年轻的公民们——早安——早安，老天爷帮帮忙——老天爷帮帮忙——帮帮忙……

刺眼的灯光照得他什么也看不见，灯光在隆隆作响。他知道自己得掉头，得转进巷子里，他必须要找到克劳蒂亚，但他无法逃离这些灯光，他动弹不得，接着尖锐的哨音响起，夹杂着一个声音："孩子，撑着点儿，我找到你了……"

二十八
禁足

许多声音。

接着是一个像剪刀一样的声音：咔嚓咔嚓。

他觉得很温暖，但不想睁开眼看。闭着眼他觉得温暖
又安全。

"……从来都没见过这样的事。还好我当时注意到了。"
那是一个似曾相识的男人的声音，有些遥远但他听得很
清楚。

"他没有说为什么吗？"那是他爸爸的声音。

"他什么都没说，他抖成那个样子或许根本就没法说话。有趣的是，当我停好车走下来时，我发誓我听到他正在唱歌。"

"你怎么知道他是谁？"这是他妈妈的声音。

"嗯，我猜的。我的意思是，除了他还会是谁呢？他符合身高的特征描述，要不然他看来还真像只溺水的老鼠。"

"而你正在外勤搜寻。"又是他妈妈的声音，"你刚好听到他的特征描述，车又开得够慢，还时时注意着外面的状况。"

"就跟大家一样。"

"真是好事成双。"他爸爸这么说。

"如果我是你，一定会等不及要问他为什么。"

"他从小就是这样。"史丹利叔叔这么说，"老是逃家，绑都绑不住。总是动个不停，以前还相信自己不用睡觉，老是提早溜出家门，好早一些到学校，而且早很多！"

"我可不行。"

咯咯的笑声响起来。

"我也不行。但他就是那样，他妹妹也是一样，她两岁的时候，有天就在去往克里夫兰的半道上了。"

"走到了路德洛大道。"

"够远了。"

又是一阵笑声。

接着他想起来了:"克劳蒂亚!"

他睁开眼睛发现自己正躺在他父母的床上,波莉跪在他身边呆呆地看着他,手里还拿着一把剪刀。接着她跳下床,边跑下楼边叫着:"妈妈,妈妈,他醒了!"

道别声不断,前门开了又关,脚步声来来去去。

他们现在全都在房间里:他的父母、波莉、史丹利叔叔。他妈妈坐在床边,用手摸他的额头。"真不敢相信你竟然没有发烧。"

他正在说话,但他妈妈的话盖过了他的声音:"唐诺,你跑到外面做什么?"

这个问题蠢到他不想回答,但他还是回答了:"找克劳蒂亚啊。"他还多加了一句,以显示他们有多么蠢:"跟所有人一样啊。"

他们四个人全都瞪着他,脸上有种奇怪的表情。"啊哦,"他心想,"糟了,他们还没找到她。"

此刻他们疑惑地互相看着对方。

"克劳蒂亚?"他妈妈问。

"就是昨晚走失的那个小女孩。"史丹利叔叔解释。

他妈妈脸上的表情吓到了他,她双眼闪烁直盯着他的眼睛。她的声音低得像是耳语："你在找那个小女孩？"

他点点头不敢说话，生怕一说话会打破什么。

"直到清晨一点钟？这么长的时间？"

他又点点头，现在她脸上的表情真的把他给吓到了。他爸爸的表情也一样吓人，史丹利叔叔转过身说："他还不知道。"

她死了？

"唐诺——"他妈妈用手捧着他的脸说，"那小女孩走失后，没多久就被找到了。"他可以感觉到她的呼吸。

"她在一个车库的车子里被人找到，"他父亲用沙哑的声音说，"车门大开，她正在假装开车。"

史丹利叔叔清了清喉咙说："她大概七点半……最多八点就回到家了。"

他父亲点头答："没错。"

他妈妈的脸像在变一种戏法：她在同时悲伤与微笑。"但你并不知道她回家了，对吗？所以你就一直找一直找。"

他又点点头。

接着他开始回想起来了，回想起越多他反而越困惑。"但我看到了灯光，听到了警笛声。"他妈妈低头看着他，又哭又笑地。所以如果克劳蒂亚最迟在八点以前，就被找到并安全地送回家了……

他抬眼看着他妈妈悲喜交加的脸，问道："那他们是在找谁？"

他立即就从她的表情看到了答案，但还是要等她亲口说出来。

"他们是在找你啊，唐诺。"

好长一段时间，房间里没有任何声响，只有目光。他妈妈的、爸爸的、妹妹的、史丹利叔叔的——全都注视着他，仿佛不盯着他就会消失了。他躺在目光交织的摇篮里。

波莉故意糗他说："没错，找你这个笨蛋啦。"

接着床开始又摇又晃，因为他们全都跳了上来。他们搓他揉他弄乱他的头发，突然波莉大叫一声："你们坐在我的东西上面了！"她从她爸爸的屁股底下拉出一样东西，那是她用剪刀剪的东西，把一张大白纸剪成一个很炫的图样。她把它打开，骄傲地呈现给他看。

史丹利叔叔假装呻吟地笑出来说："这正是他需要的，又一片大雪花。"

他睁开眼后第一次注意到，光线透过了卧室的窗户。他想起来了："今天外面下雪了吗？"

"自从早上六点半收音机广播之后，一直下到现在。"他爸爸说。

他衰弱地欢呼起来："哟嗬！"接着又看向窗外问："现在

几点了？"

"快下午三点了，"她妈妈回答，"你已经睡了十三个小时。"

噢，糟了！只剩下两小时的日光时间了。半桶丘我来了！

他想从床上跳下来，但是被好几只手给拦了下来。

"今天可不行，老兄，"他爸爸说，"你被禁足了。"

"没错，老兄。"波莉边说边在他的面前摇动她的手指，看起来非常坚决。

"从现在起接下来的半天，你都被禁足了。"

"对啊！"

"还有，如果你再不听话，就得继续禁足。"

"就是！"

波莉高兴地鼓掌，脸上露出一抹邪恶的微笑，还伸手到她自己的口袋里，拿出了……

"我的幸运石！"他想把它抢回来，但是她一把就抽走了，还伸出舌头对他扮鬼脸。他只得发出哀鸣："妈！"

他妈妈抓住波莉的手说："还给他。"波莉就乖乖地放手了。

"妈！快放手！"他突然大叫一句，吓得他妈妈手一松将石头掉在床上。"你不可以摸它。"他边说边捡起幸运石。

她看起来有点儿难过："我可是你妈呀。"

她不了解如果别人碰到这块幸运石，它的魔力就会消失。"除了我，谁都不准碰它。"

他把它藏到枕头底下。

"那是我想的那种东西吗？"他妈妈问。

"是口香糖。"

"我想也是。"

"你看吧？"波莉嘲讽地说，"连块石头都不是。"她把脸伸到他面前说："而且它一点儿都不幸运，你还把它放在嘴里！好恶心！"

"你要跟我们说明一下，为什么它会在你的嘴里吗？"他妈妈问。

他想了一下，说："我想还是不要了。"

他妈妈微笑："好吧。"

波莉抱怨道："妈，叫他说出来。"

"我要把你赶下床，"妈妈说着就去拉波莉起来，"好让你哥哥安静些，你在他睡着的时候还挺乖的。现在快滚吧。"

波莉一路跺着脚从卧室走出去。

电话响了起来，是西碧婶婶打来的。她想知道我们的病人状况如何了。

然后是珍奈特婶婶的电话，接着还有马帝表哥、威尔表哥和梅莉莎婶婶。当门铃响起时——第一个走进来的是新邻居罗佩斯蒂太太——辛可夫也获准下楼,密实地包在沙发里。这一天的下午与黄昏,邻居与亲戚去了又来,屋里充满了欢声笑语和食物的香气。

几乎每个人都有着相同的疑问:"为什么?"他到底在外面做什么?他们都想要知道原因。当他的父母告诉他们原因以后,他们全都转过来表情古怪地盯着他。然后他们便靠过来,有的坐在沙发边,有的弯下腰,全部都用他妈妈在楼上时,那种半悲半喜的微笑对着他,他们好像也都伸出手抚摸他,他不记得自己什么时候被抚摸过这么多次。

在门铃声与笑语间,他抬起头看到克劳蒂亚和她的妈妈就站在那里。克劳蒂亚扑到他身上,用力大声地亲了他至少十二下,然后对他说了一些话,他听不懂她说了什么,但他不需要听,因为他感受到了。至于克劳蒂亚的妈妈,她没像别人一样问他为什么,她不发一语地坐在沙发上,将他紧紧拥入怀中不放。

总之,那一天发生了很多事情,几乎使他忘了,这个下雪天他睡了将近一整天。

二十九
星星都还在那儿

当最后一位访客离开，整个派对结束时，已经快晚上十点了。他的父母走过来，靠着沙发坐在地毯上，告诉他前一晚发生的事情。

"你没有在该回家的时候准时到家。"他妈妈说。

"一如往常。"他爸爸插嘴。

"但一开始我们并不紧张，我们想你大概在外面玩雪。但是到了八点半、九点钟，你还是没有回家。"

"那时我们才真正开始紧张。"

他妈妈开始打电话到那些可能会跟他一起玩的孩子家里，他的爸爸开始一边在街上步行搜索，一边叫着他的名字。他们真的不想报警，因为不到一小时前，柳树街走失的小女孩才搞得大家人仰马翻。他们知道，如果马上就报警，会被怎么说：你猜这是怎么搞的？又有小孩不见了！

但当夜幕低垂，街道空无一人，全镇的小孩——除了你自己家的——都已经回到安全温暖的家时，你才不管他们会怎么说，还是得报警。警察像闪电部队般马上就赶到了，跟一个小时前被派来找小女孩的是同一组警车、救援卡车和救护车。现在变成他们家那一带的街道，灯火通明得像开封街派对一样了。

"只是这一次不像找小女孩那样，"他爸爸说，"我们没能很快就找到你，而雪又一直下，然后又变成冰雹、雨雪。"

"爸，你也在外面找我，对不对？"他问道。

他爸爸看着他说道："对啊，我也在外面找你。"

"对你来说那是小事一桩，对吧？"

他想象过他的爸爸在各种不同的天气里递送邮件。他回想起自己坐在教室里，想象他的爸爸像冰球队后卫一样，弓着背在呼啸的暴风雪中杀出一条生路。

他爸爸挤出一个笑容，捏了捏他的膝盖回答道："对啊，小事一桩。"

他们告诉他这段时间的每分每秒，是如何的漫长难熬。还有波莉如何硬撑着不睡，最终还是熬不过睡意。他们告诉他一些事情，也避开一些事情，他们最后讲到铲雪车驾驶员，在离家很远的地方发现他，并把他带回来后，援救小组便接手抢救，将他全身擦干并保持温暖，对他做了彻底的检查，结果他只是有些虚脱无力和昏沉，并没有什么大碍。他父母两人听了都喜出望外，他妈妈还"高兴得像小婴儿一样放声大哭"。他们说到最后结尾，他们如何将他抱上楼，放在他们自己的大床上，就在他俩中间时——他的脸上挂着一抹微笑，他感觉到好多年来没有的感觉，自己好像又变成小小孩，躺在父母中间听睡前故事。

"那么，在这么长的时间里，你到底在哪里？去了哪些地方寻找？"他爸爸问。

他耸耸肩回答道："大部分是在巷子里。"其余似乎不用多说。

他们一直熬到午夜。"我知道你还不累，"他妈妈说，"但你为什么不试试看呢？看看到底会发生什么事情。"

他向他们请求，可不可以睡在楼下的沙发上。他开始喜欢上它了。

他们对看了好一会儿，最后才终于说可以，但是他得答应，绝对不会在他们转身后，就从前门溜出去。

他们跟他亲吻道晚安，末了又摸了一下他的额头，才走上楼去。

整间屋子暗了下来也静了下来，屋子里每样东西都是又暗又静的，除了他满脑子的思绪。他脑子里仍然开着派对，电话响个不停，比萨也不停地淌着油汁。在他脑子里，外面仍然下着雪和雨，他还徒步走在巷子里寻找克劳蒂亚。但此刻他觉得这一切都是好玩的，因为他全身暖呼呼地窝在沙发里，而克劳蒂亚最迟在八点以前就被找到了。

他闭上眼睛试着入睡，没什么效果，但他继续努力尝试。他还给自己哼着催眠曲。黑暗中他身上有些小肌肉仍不安分：它们不想睡觉，还想去巷子里寻找。

继而他想到一件自己必须要做的事。他要做什么呢？他爬了起来，把毯子当袍子披在身上。在黑暗中他摸索着往前门走去，他摸到那锁紧的门闩。他慢慢地将它转开，屏住呼吸尽可能不发出声音。他安静而缓慢地扭开门把，然后打开门探身出去，试着把脚留在屋里的地毯上。夜晚的空气冷冷地拂过他的脖子，他尽可能把身子往外探，然后抬头往上看。他笑了，因为天空晴朗，星星都还在那儿。

他缩了回来关上门，再回到沙发里，用被褥把自己舒适温暖地包起来，几分钟后就进入梦乡了。

三十
辛可夫

　　下雪日之后就是周末了，到了星期一，大部分的雪都融化了。只剩下阴暗处、角落里，以及小镇朝北的那一面还有残雪，还有就是大型停车场周围，铲雪车堆积出来的灰色小山丘。气温也回升到摄氏七到八度，这对十二月来说算是暖和的了。镇上所有的排雨沟和巷子里，都在滴水并流向下水道和水沟。

　　最棒的是，星期一是门罗中学的在职进修日。这是个特别的日子，当所有老师都待在学校里面时，学生们却能在学校外面玩耍。孩子们四处乱跑，有些在停车场玩曲棍球，有些在草地上踢橄榄球和足球，在这怡人的天气里到处闲晃搅和。

橄榄球场那儿站着两个孩子，托德和邦斯，两人正在讨论一件事情。托德指着一个人说："你看到站在那边的那个小鬼了吗？"

他指着一个戴黄色棒球帽的小孩。

"看到了啊。"

"注意看哦。"

托德要了一个球，他将球拿在手中旋转，用手指扣住球上的缝线。"注意，球来了。"他对着那小鬼叫。"嘿——你——球来啰！"他对着那小鬼，挥臂掷出一个平稳的螺旋球。那小鬼伸出双手，好像要从别人手里接过小娃娃一样，但那球却精准地穿过他的双手之间，钻进了他的胸口。那小鬼的帽子被撞飞了，踉跄地往后倒退，差一点儿就跌倒。接着，他手忙脚乱地捡回帽子和球。

托德和邦斯同为运动员的优越感，令他们一起嘲笑起那些运动神经不足的人。

"真差劲，"邦斯说道，"你看他，扔球像个女生一样。"

"他扔球像个小女生一样没力气。"

"他是谁啊？"邦斯问。

"谁知道？"托德回应道。

他们看着那个小鬼让其他人再扔一球给他。后来终于有人扔球给他，这一次球打到他的头，帽子又飞走了。

托德和邦斯笑翻了。

托德叫唤着："喂，贺宾！过来一下！"

贺宾加入了他们。

"你看这个。"托德边说边拿了一个球，做了跟之前一样的动作，用力扔了一颗球给那个戴黄帽的小鬼。那小鬼又一次伸出双手，球还是一样穿了过去，正中他的胸口。

贺宾似乎并不觉得好笑。他冷笑道："早就知道了。"

三个人看着那个小鬼，这一次他想要把球踢回给他们。他第一次尝试时，脚踢出去跟球差了好远。第二次尝试时，球大概只在空中飞了三英尺。

"他到底是谁啊？"邦斯问道。

"他叫辛可夫，"贺宾回答，"他跟我上同一所小学，是个无名小卒。"

"是嘛，但你没听说过他吗？"加入他们谈话的是简斯基。

"听说过他什么？"邦斯这么问。

"关于那天晚上小女孩走失的事？"

"怎么样呢？"

"那个小鬼也跑出去找那小女孩，他们在她走失没多久就找到她了，对不对？"其他人都点点头，"小女孩回家了，所有人也都回家了，搜救行动已经结束了，对吧？但是那个小鬼呢……"他朝着那戴黄色棒球帽的小孩点点头——

"辛可夫。"邦斯说。

"没错，但他不知道啊，搜救已经结束了他却不知道。"

他们四个人都转过身去看着那小鬼。

邦斯说话了："小女孩已经被找到而且安全回家了，他却还在外面找她？"

简斯基对着邦斯咧嘴笑笑，故意慢慢地说：

"找了七、小、时。"

托德叫了出来："七个小时！"

"七——小时，"简斯基复述道，"一辆铲雪车在凌晨两点时发现了他，还差一点儿从他身上轧过去。那里离他家有两英里远。"

邦斯盯着那戴黄帽男孩看，他正想要踢球。"他一定只剩下半条命。"

"他一定是半个白痴，"托德这么说，"那真是够蠢的了，凌晨两点还在外面，找一个早就被找到的人。"

贺宾冷笑："那还用说。"

"他有没有冻僵？"邦斯问。

简斯基耸耸肩表示不清楚。

"彻底的废物。"托德这么说。

"你该看看他四年级时，在户外运动日时的德行。"贺宾说。

"是吗？"托德接着说，"很糟吗？"

贺宾没答话。他们又都盯着那男孩看，他现在正跑来跑去，想吸引别人传球给他。他们全都在想象他到底有多糟。

"他还喜欢上学，很早就到校。"

他们一齐转身看着说这句话的贺宾，一直盯着他看，等他说他是开玩笑的，但贺宾没再说什么。他们又把注意力转回那个戴黄色棒球帽的男孩身上。他好像不知道自己被盯上了。

最后邦斯终于说："我们来打一场球赛吧。"

大家都回过神来说："好啊！"

托德叫着："球赛！球赛！"

想要参加的小孩都跑了过来。

两队的队长分别是托德和邦斯，他们猜拳决定谁先选人，托德猜赢了。

"贺宾。"他说。

"简斯基。"邦斯跟着选。

接着他们轮流选边——托德选这边，邦斯选那边——直到最后只剩下这个戴黄帽的男孩。但是两边的人数已经一样多了。托德和邦斯各选了七个人。黄帽男孩是多出来的。

但这个小孩的举动不像是被挑剩的。通常被挑剩的小孩会认为自己是多余的，除了自己每个人都被选了，所以自己一定是挺没用的，最好赶快闪人离开，去玩别的他擅长的游戏，像是大富翁之类的。

但这男孩只是站在那里不走，完全没有要转身走开的迹象，而且他不只是站在那里而已，他的眼睛还瞪着托德和邦斯。

托德说："我们人够了。"

于是这男孩瞪着邦斯看。邦斯也想说"我们人够了"，但是他好像说不出口。他希望这孩子能够自动转身离开，他难道不知道自己是挑剩的吗？

贺宾的声音由另一边传过来："玩真的倒地擒抱！"

他们通常是玩双手接触式擒抱，因为没有戴护具和头盔，加上半个场地都被融雪弄得泥泞不堪。但没有一个人反对，没有人想让别人觉得自己害怕玩真的倒地擒抱。

简斯基说话了："两边人一样多，我们不需要其他人了。"

这家伙没听懂这暗示。

这是一个他们未知的领域：一个被挑剩的人竟然不肯离去。邦斯仍然握有决定权，他只需要开口说"请离开"，至少他是这么想的。这男孩仍然瞪着邦斯，他是真傻了吗？这小子难道不知道，即使他被允许参赛也会被晾在一旁，甚至被羞辱和伤害吗？他难道不知道自己笨手笨脚的，想加入他们的比赛根本就是自不量力吗？他不知道被挑剩的，不能瞪着挑选者看吗？不知道他应该低头看着自己的鞋子，或是抬头看着天空，希望自己可以自动消失吗？因为他是被挑剩的，挑到最后还没人要的。

但这小子就是不肯退让，而他的目光就像是橄榄球一样踢中邦斯的额头。在他的眼睛里，邦斯看到了一些他不了解的东西，和一些他还隐约记得的东西。他突然想到自己想问这小子，那七个小时的感觉像什么。他认为自己能够从这小子的眼睛里看到那种感觉或某些迹象，但他看不出来。他要问这孩子那是什么感觉，在那么冷的夜里。

他心想，这可真是怪了。他想到一千样事情可以说，一千个其他可能的发展方式，但他知道最终仍然只有一个词，出自他口中，但谁知道这会将我们带向何处呢？

他指着他，说出那个词："辛可夫。"

接着，比赛便开始了。

号

XIANG YING DE NAN HAI

想赢的男孩

出 版 人	杨旭恒

作　　者	〔美〕杰里·斯皮内利
翻　　译	麦倩宜
绘　　画	羊芳涛
项目策划	禹田文化
策划支持	小鲁文化
版权编辑	杨　娜
责任编辑	李　洁
美术编辑	沈秋阳
封面设计	木
版式设计	惠　伟

出　　版	晨光出版社
地　　址	昆明市环城西路 609 号新闻出版大楼
邮　　编	650034
发行电话	（010）88356856　88356858
印　　刷	北京润田金辉印刷有限公司
经　　销	各地新华书店
版　　次	2017 年 1 月第 1 版
印　　次	2025 年 6 月第 26 次印刷
开　　本	145mm×210mm　32 开
印　　张	6.5
ＩＳＢＮ	978-7-5414-8534-3
字　　数	110 千
定　　价	24.00 元

退换声明：若有印刷质量问题，请及时和销售部门（010-88356856）联系退换。

金牌小说